西天城高原から見た風景

を引用しながら書き進められるのは、「私」が一六歳の貧しい少年だった頃に犯した土木作業員殺しの事件である。「私」は下田から家出して天城峠を越えるが、異郷を行く心細さから、出合った若い女に惹かれて峠へ引き返す。そして、その道で一緒になった作業員を殺したのである。

「伊豆の踊子」の学生は悩みに持つ孤児根性を、屈託のない踊子に慰められている。峠を越えて行く南伊豆の明るい風光も心に射しこんでいる。それに対し、「天城越え」の少年は、貧しさと性の目覚めが心に闇を作っている。学生の峠越えに旅情はあっても、少年にそれはない。あるのは人間の生に根を張る非情であり、「天城越え」はそれを名作「伊豆の踊子」に対置して見せたのだ。作家の気概の満ちた名篇と言える。

他には、池波正太郎に「天城峠」(一九五六年)がある。初老の孤独な男が、旅行に来た天城峠で、長年の疲労と病気の衰えから死ぬことを思う。生きることの哀感を、明るい風光の中に捉えた佳作だ。味わいを異にして、もっと軽やかに名作の舞台を借りた作品もある。内田康夫の「天城峠殺人事件」(一九八五年)がそれで、浅見光彦シリーズとして書かれた旅情ミステリーは、タイトル通りの天城峠の殺人事件を発端に展開する。

ここで加えたい一篇は、意外に思われようが、梶井基次郎の「冬の蠅」（一九二八年）である。梶井は結核療養のために、川端の滞在する湯ヶ島を訪ねている。その交際において「伊豆の踊子」の校正を手伝った梶井の作品では、「私」が独りで夜の闇の中、天城峠を越える。「私」の心に連れられていたのは、やがて命を奪うに違いない運命への思いである。同じ天城越えを描いて、「伊豆の踊子」の青春の孤独には抒情があったが、「私」のそれにはない。絶望と向き合う孤影は対照的で、梶井版「伊豆の踊子」模倣の秀作と見たいのはそのためだ。

「伊豆の踊子」以来、天城峠はこのように繰り返し文学作品に描かれてきた。それぞれの心に負う思いを道連れに、峠にそれを問う登場人物たちは表情を異にしている。ここでは天城峠を一例に見たが、同様のことは伊豆の各地に言える。伊豆の地図を広げて、しばらく眺めてみれば判って来るだろう。関わり深い文学者として、熱海には尾崎紅葉、修善寺には岡本綺堂と夏目漱石、沼津には若山牧水と太宰治、下田には三島由紀夫、土肥にはよしもとばななと言った具合に、数珠つなぎに思い起こされる。牧水や与謝野鉄幹・晶子夫妻は、それこそ縦横に吟行している。これに伊豆育ちの文学者が加えられる。

旅する心、故里への思いが、伊豆にその文学を育んだのである。

改めて最後に伊豆の概観を記すなら、至る所に湧出する温泉と天然の良港に恵まれた、南国を思わせる温暖な土地である。富士箱根伊豆国立公園に指定されるように、天城の奥深い渓谷美、東西で表情を変える海岸線の美しさ、そして世界文化遺産である秀麗な富士山の眺望など、景勝には事欠かない。野や山に水仙、椿、梅、桜、石楠花が咲き、紅葉が映えて季節を飾る。蜜柑、山葵、椎茸などの農産物、また海の幸も豊かだ。蛍が舞い、河鹿の鳴く清流もある。源氏ゆかりの韮山と修善寺、幕末に開港した下田など、史蹟にも恵まれている。こうして数え上げるうるわしさが、文学者に伊豆を〝文学の母の国〟として愛させたのだろう。そして、その文学に親しむ者を、今も伊豆への旅に誘ってやまない。

＊本誌での伊豆は、厳密な意味での伊豆に限らず、隣接する地域をも含めている。

勝呂 奏（すぐろ すすむ）
桜美林大学教授
二〇〇八年、日本キリスト教文学会賞。
二〇一三年、静岡県文化奨励賞。
芹沢光治良、井上靖、小川国夫などの近現代文学を研究。

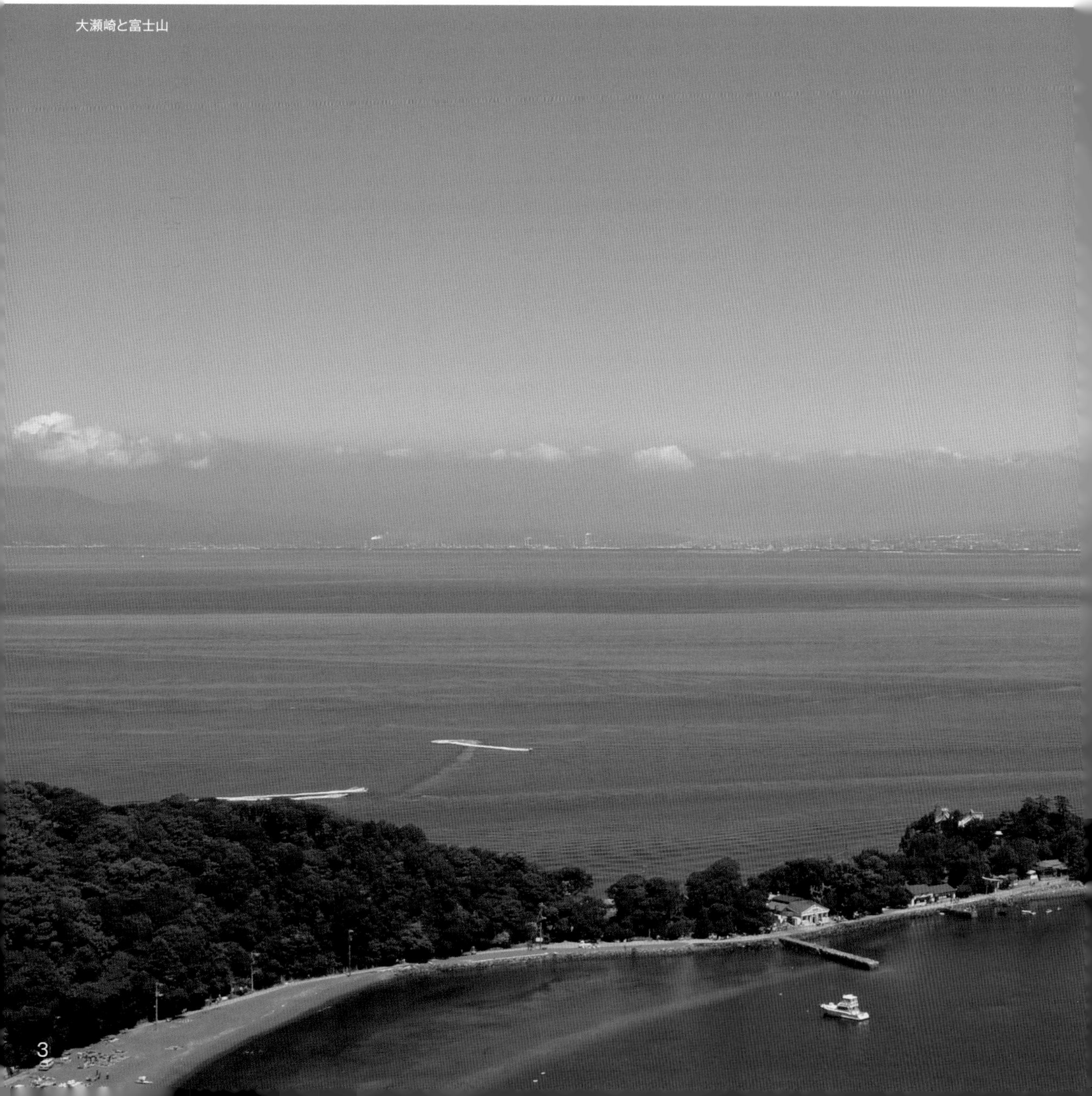
大瀬崎と富士山

伊豆文学散歩　もくじ

写真協力：
公益社団法人沼津牧水会・社団法人静岡県観光協会・一般社団法人熱海市観光協会・一般社団法人三島市観光協会・一般社団法人伊豆市観光協会・日本大学国際関係学部図書館・NPO法人伊豆地域振興研究所・NPO法人伊豆学研究会・伊豆半島ジオパーク推進協議会・伊東市立木下杢太郎記念館・フィルムコミッション伊豆・おちあいろう・白壁・田畑みなお（写真家）・高橋誠（駒の湯源泉荘）・三島市・伊東市・子鹿社・湯ヶ島檸檬忌実行委員会
（敬称略、順不同）

参考文献：
「伊豆の文学—その風土と作品—」勝呂弘（長倉書店）
「伊豆文学紀行ガイドブック」（静岡新聞出版社）
「幸田露伴と下賀茂温泉」南伊豆町発行
「伊東の文学碑」伊東市立図書館発行
「ふるさと下田の石造物」下田郷土史研究会発行
「文豪が愛し名作が生まれた温泉宿」福田国士（祥伝社）
「作家と温泉」草彅洋平編（河出書房新社）
「温泉の旅」ホームページ

表紙写真：おちあいろう

特集

伊豆×文学

心をゆるめた温泉—
情緒あふれる旅館—
光に満ちた風景—
伊豆はまるで、美しいカットが施されたダイヤモンドのように
複雑な光を放ち、訪れる人々の心を魅了する。
この地を訪れた文士は、
その幾重にも重なり混じり合う伊豆の光を吸収、あるいは反射させて
多くの文学作品を誕生させてきた。

特集　伊豆×文学では、
伊豆の代表的な光である温泉、旅館、風景をテーマに、
文士の感性を射抜いた伊豆の魅力を探る。
ようこそ、光の国、伊豆へ。
光に満ちた珠玉の作品を片手に
伊豆の旅をはじめよう。

温泉×文学
Hot Springs & Literature

無色透明の優しい肌触りが特徴の伊豆の温泉。
きらきらと光を放ち、
文士たちの心と体を優しく包み込む。
伊豆文学は、温泉の癒やしが育んだ。

旅館×文学
Ryokan & Literature

多くの文士が逗留し、
多彩な作品を生み出す舞台となった伊豆の旅館。
情緒あふれる佇まいともてなしが、
多くの文士の才能を開花させた。

風景×文学
Geopark & Literature

変化に富む伊豆の風景が
文士に与えたインスピレーション。
伊豆文学が生まれた背景には、
壮大な大地のストーリーがあった。

温泉×文学
Hot Springs & Literature

作家を癒やした伊豆の温泉

温泉は時に詩や小説の舞台となったり、創作の場となったりする。
また、温泉場での思い出が後の作品に大きな影響を与えることもある。
尾崎紅葉は那須塩原で熱海を舞台にした「金色夜叉」を書き、
川端康成は伊豆湯ヶ島で「伊豆の踊子」を書いた。

温泉に浸る喜び

海沿いに塩辛い温泉があるにせよ、伊豆の温泉の多くは無味、無臭、無色透明。乳白色だったり、赤茶色だったり、硫黄の匂いが強かったりする他の温泉地に比べ、一見特徴がなく「自宅のお風呂と何が違うの？」と思われるかもしれない。

しかし、それこそが伊豆の温泉の最大の魅力なのだ。

無色透明の柔らかいお湯はいつ入っても、誰が入っても、体をじんわり温め、ほうっと笑顔にしてくれる。くたくたに疲れているときも、心がざわついているときも、悲しみで涙が止まらないときでさえ、やさしく迎え入れてくれる。

ひとり温泉に浸かり—緑あざやかな伊豆石の内湯だったり、岩の曲線がお尻をやさしく包み込む露天風呂だったり、香り高い檜のお風呂だったり—身も心も解放されるとき、「ああ、伊豆に来てよかったなぁ」と心から思う。

だからこそ、伊豆の温泉場は昔から多くの文人墨客を惹きつけてき

土肥安楽寺　住 伊豆市土肥709　☎0558-98-0309　P あり
※まぶ湯の拝観は有料

牧水歌碑「長湯して〜」　住 函南町畑毛排水機場

土肥安楽寺まぶ湯

column

花袋はルポライター

　「蒲団」「田舎教師」など自然主義文学の旗手として知られる**田山花袋**は、旅行案内書とでも言いたいような紀行文をたくさん残している。1914（大正3）年発行の「**日本一周**」（全3冊）や、1918（大正7）年発行の「**温泉めぐり**」に、1928（昭和3）年発行の「**温泉周遊**」と著名なものだけでもこれだけある。売れに売れた。まさに当時のベストセラー。

　「温泉めぐり」は、湯の熱さや混み具合を事細かに書くだけでなく、湯の町の多少淫靡な雰囲気まで淡々と、かつ巧みな文章で描いていて読みごたえがある。現在は岩波文庫版で読むことができる。

た。それにしては温泉の描写は多くない。すぐに思い浮かぶのは「伊豆の踊子」と「しろばんば」くらいだ。

　そんな中、「これぞ温泉に浸る喜び」を歌に詠んでいるのが若山牧水。

人の来ぬ夜半をよろこびわが浸る
温泉あふれて音たつるかも

長湯して飽かぬこの湯のぬるき湯
にひたりて安きこころなりけり

　この二首は畑毛温泉（函南町）で詠んだもの。田園風景の中にぽつねんと現れる温泉場は、その昔、源頼朝が軍馬の疲れを癒したと言い伝えられ、寛延年間には湯敷小屋でのけが人湯療の記録が残るなど古くから湯治場として栄えてきた。「ぬる湯の名湯」として環境省の国民保養温泉地にもなっている。牧水の歌にあるように、ぬるめの湯に長く浸かるのが畑毛流だ。

　西伊豆を代表する温泉地、土肥温泉（伊豆市）は温暖な気候と海山の美しい自然に恵まれ、多くの文人が避寒地として訪れた。

　江戸時代、土肥金山の採掘中に湧き出したと伝えられているのが土肥温泉発祥の湯「まぶ湯」。病気平癒を祈願した安楽寺住職の願いが叶ったという故事が残されている。作家の田山花袋は、今でいう温泉ルポライターとして全国をまわり、「温泉周遊」の一節でここを取り上げている。

「土肥の穴の湯に入ったかね」
平蔵は艪《ろ》をあやつりながらこう言ってきいた。
「入った—入った—」
「ちょっと面白いだろう？」
「そうだな、ちょっと面白いな」
それは土肥の村から十町程東北に偏った小さな丘の果のところにあった。そこには古い寺があって湯は、そこから湧き出している。

　現在、「まぶ湯」は見学のみだが、坑道の中の温泉はとても柔らかな手触りだ。土肥温泉はまた、よしもとばななの「TUGUMI」の舞台ともなっている。

塩辛い温泉の代表は、伊豆半島最南端の下賀茂温泉。自由律の俳人、種田山頭火は一九三六（昭和一一）年に下賀茂での印象を「其中日記」にこう記している。

「下賀茂は好きな温泉場である。雑木山につつまれて、のびやかな湯けむりがそこから立ち昇る、そこここに散在している旅館もしずかでしんみりとしている。
さっそく驚くべき熱い強塩泉だ、ぽかぽかあたたまってからまた酒だ、あまりご馳走はないけれどうまいうまい。湯と酒とが無何有郷《むかう》に連れていってくれた、ぐっすりねむれた。
ノンキだね、ゼイタクだね、ホガらかだね、モッタイないね！」

湯けむりが立ちのぼる下賀茂温泉（南伊豆町・1955年頃）

どうだろう、この手放しの褒めようは。さんさんと降り注ぐ南国の太陽は、その熱い湯と一緒に旅人のこわばった心を溶かしてくれる。

世界の三大間欠泉の一つに数えられていた熱海の大湯

大正、昭和の代表的な歌人、与謝野晶子は何度も重ねた伊豆吟行で多くの歌を残している。

（熱海温泉）
熱海なる大湯の湯口雲吐かず思ひ入りたる一時にして
魂の消ゆる愉楽は温泉先づ感ずるごとし靄立つ見れば
（谷津温泉）
半身を天城おろしに任せつつ谷津の湯ぶねにあるあぢきなさ
（伊豆長岡温泉）
火事跡の長岡の湯の低き床夜半に踏むこそあはれなりけれ
（畑毛温泉）
浴室の石の床をば湯のぬるく匍ひたる伊豆のきさらぎの宿

官能的な詠みっぷりから浪漫派の歌人と言われているが、私生活では略奪婚の末に一一人もの子供を育て、夫の奔放な恋愛に苦しみ、千枚もの原稿を火事で失った。それでもめげない、芯の強さを秘めている。晶子の苦悩を伊豆の温泉はどのように癒したのだろうか。

畑毛温泉が描かれた絵葉書（1955年頃）

最後に、温泉ではないが旅の宿のエピソードを。正岡子規に「旅の旅の旅」という紀行文がある。三島を朝早く発って、源範頼の墓（修善寺）を詣った帰り、大仁、韮山を経て夜遅く、混んでいるなか無理を聞いてもらって、丹那軽井沢（函南町）で宿をとった。小娘に勧められて風呂に入る。娘はトウモロコシの殻を風呂にくべてくれるなど大層かいがいしい。心遣いが嬉しかったのだろう、次の句を詠んだ。

唐きびの　からでたく湯や　山の宿

現在、軽井沢公民館前に句碑が建っている。

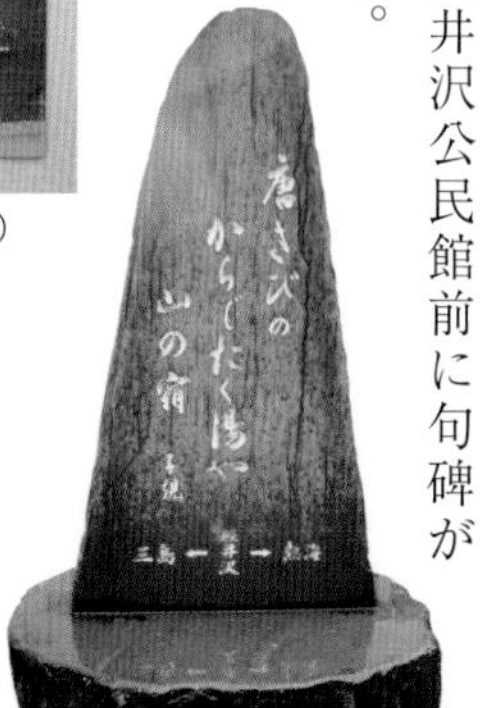

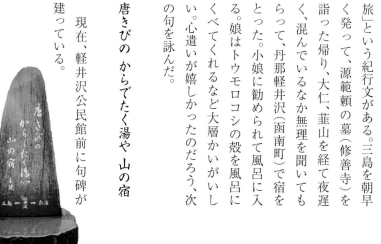

column

伊豆の温泉場にゆかりの作家とその作品

畑毛温泉

与謝野鉄幹・晶子
「草の夢」
若山牧水「山桜の歌」
上林暁「浴泉記」

熱海温泉

尾崎紅葉「金色夜叉」、泉鏡花「熱海の春」
高山樗牛「わがそでの記」、島崎藤村「熱海土産」
永井荷風「断腸亭日乗」、志賀直哉「山鳩」
広津和郎「志賀直哉と古赤絵」
成島柳北「熱海文藪」、林芙美子「うず潮」
三島由紀夫「クロスワードパズル」
大岡昇平「来宮心中」、吉村昭「闇を裂く道」
坪内逍遥、佐々木信綱、谷崎潤一郎

\ 古奈・長岡温泉エピソード /

明治の歌人**窪田空穂**は「かくの如 湯のやはらかさ喜びし 源家の嫡子 流人なる日に（古奈温泉）」の歌に**「湯は鎌倉時代よりのものにて源頼朝も浴せしといふ」**と詞書を添えている。

古奈・長岡温泉

北原白秋「渓流唱」
窪田空穂「郷愁」
晶子・牧水ら歌人、波郷・井泉水ら俳人

伊東温泉

室生犀星「じんなら魚」
尾崎士郎「ホーデン侍従」
坂口安吾「肝臓先生」
北原白秋「伊東音頭」
加藤省吾「みかんの花咲く丘」
与謝野鉄幹・晶子「抛書山荘」
木下杢太郎、尾上柴舟

修善寺温泉

岡本綺堂「修禅寺物語」
芥川龍之介「温泉だより」
島木健作「赤蛙」
夏目漱石「修善寺日記」「思い出す事など」
吉田絃二郎「修善寺行」
高浜虚子「浴泉雑記」
尾崎紅葉「修善寺行」
空穂・晶子・信綱ら歌人
東洋城・秋桜子・波郷・井泉水ら俳人

土肥温泉

若山牧水「山桜の歌」「渓谷集」
田山花袋「温泉周遊」
井上靖「夏草冬濤」
花登筐「銭の花」（「細うで繁盛記」）
龍胆寺雄「人生遊戯派」
島木赤彦「温泉の匂ひ」

\ 伊東温泉エピソード /

催眠薬中毒で苦しんだ坂口安吾が転地療養先に選んだのが伊東温泉。三千代夫人のがんばりもあって安吾は健康を取り戻す。**「温泉に同化」**することで過敏な精神が鎮静化し回復に向かった。このときの体験が安吾の温泉への敬慕を深めたと思われる。

堂ヶ島・松崎温泉

与謝野鉄幹・晶子

湯ヶ島温泉

川端康成「伊豆の踊子」
井上靖「しろばんば」
北原白秋「渓流唱」
若山牧水「山桜の歌」
田山花袋「北伊豆」
尾崎士郎「河鹿」
梶井基次郎「闇の絵巻」
宇野千代「私の文学的回想記」
木下杢太郎「浴泉歌」

\ 下賀茂温泉エピソード /

幸田露伴が滞在した福田屋旅館前の川原に**「川原の湯」**があった。底からじくじくお湯が湧き、川の流れから水を入れてちょうどよい湯加減にして入った。露伴も好んで入ったが、1945年ごろ姿を消したという。

露伴も好んで入った「川原の湯」

熱川温泉

中島敦「伊豆の歌」、川端康成「熱川だより」
花登筐「銭の花」（「細うで繁盛記」）

谷津・湯ケ野温泉

川端康成「伊豆の踊子」、三島由紀夫「真夏の死」
中島敦「蕨・竹・老人」、太宰治「東京八景」
石坂洋次郎「奥伊豆参り」、井伏鱒二「南豆荘の将棋盤」

蓮台寺温泉

幸田露伴「いさなとり」
（主人公が蓮台寺の出身）

\ 谷津・湯ケ野温泉エピソード /

井伏鱒二が宿泊時の大洪水の思い出を書いた「南豆荘の将棋盤」。同宿の亀井勝一郎や**太宰治夫妻**のあわてぶりが軽妙な筆致で描かれる。「太宰は畳の上にきちんとかしこまって**『人間は死ぬときが大事だ。パンツをはいておいで』**と細君に云った。細君は無言のままうつむいていた…」

下賀茂温泉

種田山頭火「其中日記」
幸田露伴、萩原井泉水

湯ケ野温泉
福田家

踊子ゆかりの温泉を楽しむ

道がつづら折りになって、いよいよ天城峠に近づいたと思う頃、雨脚が杉の密林を白く染めながら、すさまじい速さで麓から私を追ってきた。

天城峠の自然描写から始まる川端康成の「伊豆の踊子」。二〇歳の「私」が偶然出会った踊子との触れ合いを通じて素直な心を取り戻す、情緒溢れる短編小説だ。

踊子の一行は、今でいう国道四一四号沿いの温泉場を渡り歩いて日銭を稼ぐ旅をする。修善寺温泉で一泊、湯ヶ島温泉に二泊、天城峠を越えて湯ケ野温泉に三泊して下田に抜けるまでの、わずか数日間のことが描かれている。長岡温泉の印半纏を着た男（踊子の兄）という描写もあることから、伊豆長岡温泉にも立ち寄ったのだろう。大島の出だという踊子一行は、その「野の匂いを失わないのんきな」性分でやさしく「私」を包む。

「ほんとにいい人ね。いい人はいいね」――踊子の単純で開けっ放しな好意は、孤児根性でひねくれた「私」の心を解きほぐしていくが、それは伊豆の温泉にも似た心地よさなのだった。

主人公の「私」が泊まった福田家の館内は、「伊豆の踊子」にちなんだ品々でいっぱい。川端直筆の原稿などもある

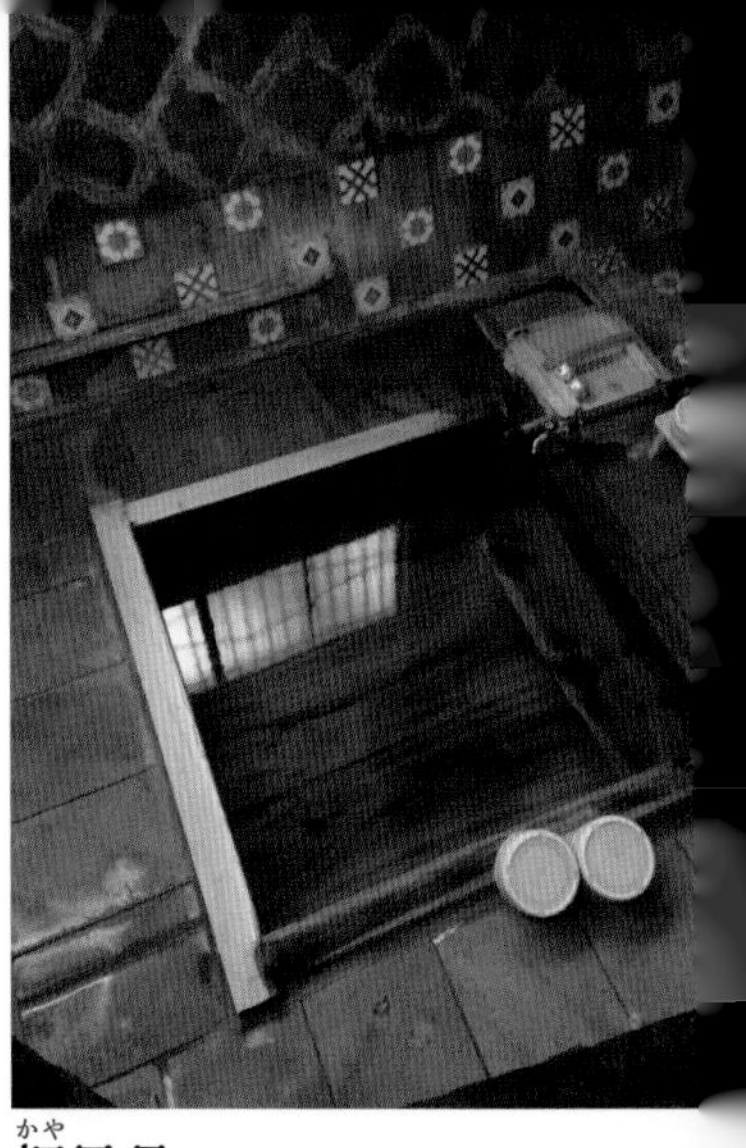

榧《かや》風呂

福田家には、明治創業以来130年変わらぬ「榧風呂」がある。
泉質はカルシウム・ナトリウム－硫酸塩泉。1.5メートル四方の湯舟にキラキラ輝くお湯がなみなみと溢れている。湯に抱かれる、という表現がぴったりなシルキータッチの温泉だ。立ち寄り湯も可。

福田家　囲河津町湯ヶ野236
☎0558-35-7201

私は眼を光らせた。この静けさが何であるかを闇を通して見ようとした。踊子の今夜が汚れるのであろうかと悩ましかった。

湯ケ野の夜、「私」は、いつまでも響く踊子の太鼓の音に部屋でひとり悶々とする。じっと寝ていられない「私」は「**また湯にはいった。湯を荒々しく掻き回した。**」と、何度もお湯に入って気を静めようとする。

ひとり悶々と夜を過ごした翌朝、川を挟んだ対岸の共同浴場から飛び出してきた真裸の踊子の姿に「**心に清水を感じ、ほうっと深い息を吐いてから、ことこと**」笑う。明るい陽光の中に現れた清々しい踊子の白い裸体が印象的な場面だ。

福田家から対岸の共同浴場をのぞむ。現在、共同浴場は地元の住民専用となっているが、福田家の宿泊客は特別に入ることができる

column

「伊豆の踊子」執筆の宿 湯本館

旧制一高の学生だった川端は湯本館に二泊した。この旅がきっかけとなり「伊豆の踊子」が生まれる。
「**湯ヶ島の二日目の夜、宿屋へ流してきた。踊子が玄関の板敷で踊るのを、私は梯子段の中途に腰を下ろして一心に見ていた。**」写真は湯本館の階段。

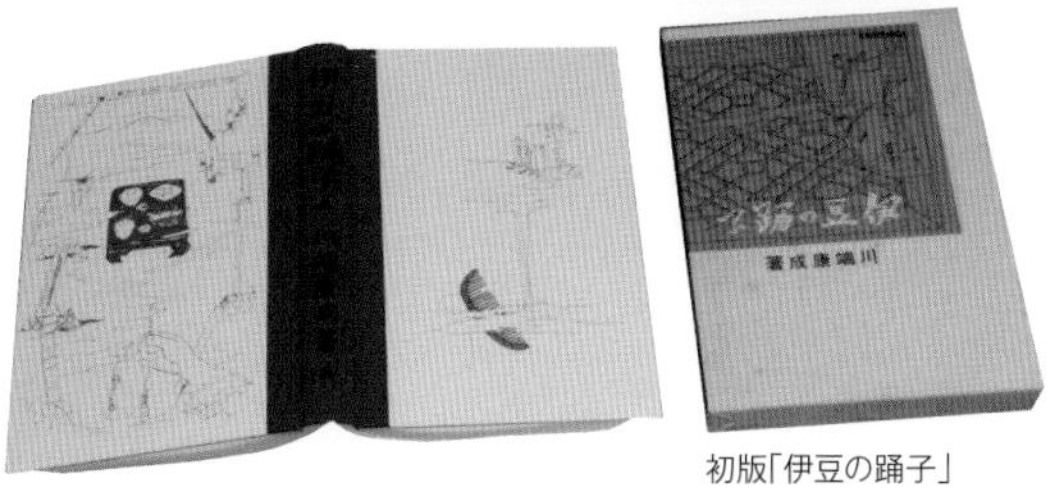

初版「伊豆の踊子」

踊子が通った道

河津川に沿ってのびる旧天城街道。川端康成の名作「伊豆の踊子」で、学生と踊子が歩いた道程をたどるルートである。
湯本館から浄蓮の滝、水生地下（すいしょうぢした）を経て湯ケ野までの道のりが、「踊子歩道」として整備されている（約16.8キロ、8時間程のコース）。

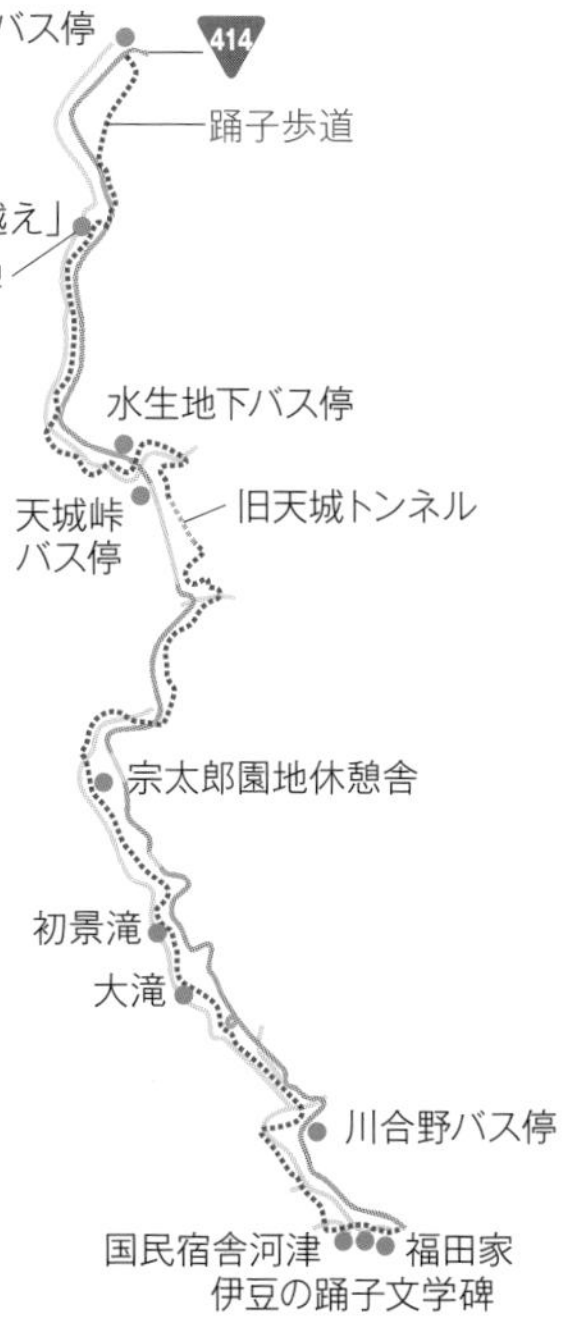

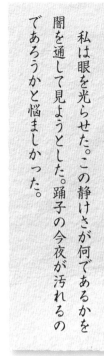

温泉×文学
文士村

近代文学と伊豆の温泉場は深いかかわりをもっている。
多くの文士が療養の地として、あるいは執筆の場として伊豆をえらび、
時として「文士村」が形成されることもあった。
ひとつの例として修善寺温泉と湯ヶ島温泉を見てみよう。
一方には既に文名高い文豪が集い、もう一方には次代を担う若者たちが多く集った。

温泉旅館は湯治場？ それとも仕事場？

名高い文士たちが集った
修善寺温泉編

修善寺を訪れた文士たちにとってここは湯治場だったのか、仕事場だったのか・・・

芥川龍之介×新井旅館

(1892—1927)

一九二五（大正一四）年四月一〇日から五月五日にかけてのほぼ一か月、芥川龍之介が新井旅館に滞在している。心身の疲労を癒すことと、おびただしい原稿依頼や督促からの回避が修善寺来遊の主目的だったはずだが、残っている手紙を見る限り、その望みは果たされなかったようだ。

原稿の居催促をうけて弱っている。この間例の大男の話を急行にかいてしまった。今泉鏡花先生滞在中、奥さん中々世話やきにて、僕が仕事をしていると、「あなた、何の為に湯治にいらしったんです？」などと言う。（四月二九日付小穴隆一宛）

芥川の滞在中も、鏡花夫妻以外に里見弴や吉井勇らが同宿していた。芥川は家族への手紙の中で「皆原稿を書きに来ているので女中は心得たものだ。用だけさっさとすまして無駄話や何かはしない。飯なども湯にはいっている留守に持って来ては鉄瓶の上へ茶碗盛りをかけ、机の上に膳を置いて引き下っている」と書き残している。

新井旅館
伊豆市修善寺970
Tel.0558-72-2007

1925年4月22日に芥川が、
妻・文と伯母・富貴宛に送った手紙。
～誰も来なければ月末にかえる。おばさん、おばあさん、ちょいと二三日お出でなさい。ここのお湯はこう言う風（下の絵）になっていて水族館みたいだ。これだけでも一見の価値あり～

◀手紙に残る芥川の絵

▼お風呂嫌いの芥川がお薦めしたお風呂。現在でも入ることができる。

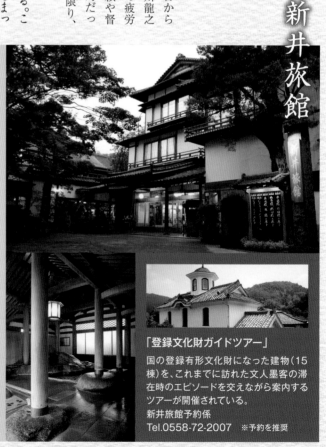

「登録文化財ガイドツアー」
国の登録有形文化財になった建物（15棟）を、これまでに訪れた文人墨客の滞在時のエピソードを交えながら案内するツアーが開催されている。
新井旅館予約係
Tel.0558-72-2007　※予約を推奨

夏目漱石×菊屋

（1867―1916）

患っていた胃かいようの転地療養のために夏目漱石が修善寺を訪れたのは一九一〇（明治四三）年、いわゆる修善寺大患で知られる菊屋滞在（八月六日～一〇月一一日）だ。漱石が泊った部屋はふたつあるが、その両方が現存している。ひとつは、当時別館と称した現在の菊屋の「梅の間」。漱石は八月六日の晩をここで過ごした。もうひとつは、翌日からずっと起居した本店二階の一室。この部屋（一部分）は現在「虹の郷」に移築されて「漱石庵」として公開されている。

療養と闘病に明け暮れた修善寺滞在中も漱石は、日記や手帳に俳句・漢詩などを数多く書きとめていて、それがのちに漱石の人となりや思索の筋道がうかがえる作品「思い出す事など」に結実している。碑となって残る五言絶句をはじめとする漢詩や、味わい深い多くの俳句に触れることで文豪のちょっと違った横顔を見ることができるだろう。

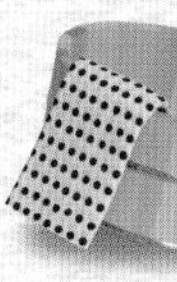

湯回廊 菊屋
伊豆市修善寺874-1
Tel.0558-72-2000

漱石が泊まった「梅の間」

雨濛々。朝食。床の上に起き返りて庭を眺めると残紅をかすかに着けながら、百日紅が既に黄に染っている。

先づ黄なる百日紅に小雨かな

漱石が句に詠んだ百日紅
今は駐車場となっている菊屋旅館旧本店跡地の一角に、百日紅（さるすべり）が一本残っている。死の淵から生還し小康を得て、いよいよ帰京することになった10月9日の日記で漱石が句に詠む百日紅だ。

修善寺漱石会（写真左）総裁 野田みど里さん（右）原 京さん

修善寺漱石会では、漱石の没後百年と生誕150年に当たる2016年、ゆかりの百日紅の近くに漱石の句碑を建てた。

しずおか遺産
SHIZUOKA HERITAGE

文学の聖地「伊豆」と温泉 ～癒しを求めた文豪たち～
（2022年静岡県認定）

伊豆半島の伊豆市をはじめとした4市1町には、
しずおか遺産『文学の聖地「伊豆」と温泉～癒しを求めた文豪たち～』として認定された
29件の文化財などがある。文豪ゆかりの「しずおか遺産」を巡ってみてはいかが。

（主な構成資産）太宰治などが執筆活動を行い、山本有三・志賀直哉・谷崎潤一郎の対談も行われた「起雲閣」（熱海市）。川端康成が常宿としていた「湯本館」（伊豆市）や「福田家」（河津町）。武者小路実篤が「愛と死」を執筆した「伊豆長岡温泉いずみ荘」（伊豆の国市）。「木下杢太郎生家」（伊東市）など。

☎0558-83-5476（伊豆市社会教育課）　詳細は しずおか遺産 で検索

構成資産のひとつ「夏目漱石記念館」（伊豆市修善寺虹の郷内）

若き作家たちの夢を育み
羽ばたかせた温泉地

次代を担う若者たちが多く集った

湯ヶ島温泉編

白壁の「先生の間」

白壁にはこの旅館の存在を際立たせるひとつの部屋がある。

いわく、書斎「先生の間」。この地で書き物をする文筆家の支えになる場所を提供したいという、創業者(先代)の思いが形になった部屋だ。

昼間でも落ち着いて眠ることができるスペースと、幅二メートルほどの造り付けの机。必要に応じて辞典や辞書をそろえるという。ここでは時間を気にせずに、ひたすら執筆に没頭することができる。

「ここで原稿書いた人には、ひとつだけ注文をつけるんですよ。本になったらサインをして送ってくれと。それだけなんですよ、注文は」「いろんな本がありますよ、四〇〇冊以上。いろんなジャンルの本が、署名入りで」「宿屋をやって良かったと思うし、世の中のためになったと思っています」――。先代(故宇田博司さん)が草柳大蔵との対談で語った言葉である。

若い無名の文筆家たちにここを足掛かりにして広い世界に羽ばたいていってほしいと願った宇田さんを指して「偉大な夢追い人」と呼んだ人がいる。彼が追い求めた壮大なロマンは、今でもこの一室にひっそりと、だが確実に息づいている。

文筆家のためにつくられた書斎「先生の間」

劇作家木下順二が執筆の場としてえらんだ 白壁

「証言」で浮かび上がる
湯本館に滞在していた
川端の求心力

証言その一

湯ヶ島の草分けは川端康成君である。たしか大正一五年の夏であったと思う。私は彼の招待をうけて出かけていったわけであるが、天城一帯は川端君にとっては曽遊の地で、その頃、まだ独身であった彼は飄々として足の向くがままに行きあたりばったりの生活をしていたらしい。その年の春頃から湯ヶ島の湯本館に腰を据えて、もう半年あまりの日がすぎていた。

(尾崎士郎「湯ヶ島のこと」)

証言その二

私たちのいたのは、湯本館という宿屋であったが、或るとき、きれいな女が泊っていたことがあった。宿の前を流れている小さな谷川を、みなで一緒に渡ったことがあったが、その女が川の中の石につまずいて、転びそうになった、あわやと言うときに、走り寄って女を抱きとめたときの、川端康成の姿を、私はいまも忘

登録有形文化財の宿「おちあいろう」

幕末の三舟の一人山岡鉄舟が逗留した際に

「川と川が落ち合う畔に建つ宿」

と謳いそこから名付けられたと伝えられている旅館おちあいろう。明治時代は、田山花袋、島崎藤村。昭和初期は若山牧水、北原白秋。名だたる文人墨客たちが訪れ、豊かな山々や川のせせらぎを感じながら、この場所で物書きに耽けていたことだろう。文学好きにはうれしい読書室があり、伊豆天城を訪れた文豪の作品をはじめとした書籍が置かれている。

一八七四（明治七）年創業。当時の最高峰の職人が集められ、競い合い作り上げられた宿は、至る所に匠の技が光っている。文化財ツアーでは、有形文化財の七棟のうち四カ所をおちあいろうの歴史とともに案内してもらうことができる。残る三カ所は宿泊できる客室棟や玄関である。客室、階段、廊下などにも意匠を凝らした装飾、精密な細工が美しく見逃せない。

名だたる文豪ゆかりの老舗旅館 おちあいろう

読書室

れない。官能的だと言われた康成の、小説の一こまを見たような気がしたのは、のちのことである。

（宇野千代「生きて行く私」）

証言その三

梶井は年末にいきなりこの地へやって来て、その夜は落合楼というのへ泊った。ところがその宿では病学生の滞在などは寧ろ迷惑そうな様子だったので、川端康成氏が今も湯本館に滞在していることを確かめた上、翌日は早速訪問して、川端氏からこの宿を紹介してもらったのだった。

（中谷孝雄「同人」）

名作「伊豆の踊子」執筆の宿 湯本館

海は、こうしてお座敷に坐っていると、
ちょうど私のお乳のさきに
水平線がさわるくらいの高さに見えた。
太宰治

旅館×文学
Ryokan & Literature

安田屋旅館
沼津市内浦三津

太宰が滞在した「月見草の間」

駿河湾の奥深く、太宰の記憶が眠る

創業一八八九(明治二二)年。安田屋旅館は太宰治が「斜陽」の第一章、第二章を執筆した宿である。太宰が滞在したのは「松の弐」と呼ばれた部屋で、現在では、「月見草の間」として、ほぼそのままの形で残っている。障子をあけると目の前に内浦湾が広がり、淡島の右手に富士山が見える。まるで、一枚の絵を切り取ったようだ。この景色を太宰も見ていたと思うと感慨深い。太宰は礼儀正しく静かに執筆し、当時の館主と晩酌を楽しんだこともあったという。大正時代からの階段もそのまま残されており、そのアンティークな味わいは太宰ファンならずとも必見だ。

館内には、伊豆文庫という小さな資料室があり、亀の形をした石や土佐水木《とさみずき》が出迎えてくれる。木漏れ日の中、この室内に座って本を手に取れば、自分も文人の仲間入りをしたかのような気分になることだろう。太宰の作品については、初版二〇冊所蔵。伊豆ゆかりの文学者の書籍も多く、豊かな所蔵数を誇る。

安田屋旅館では、一九八九年から二〇一〇年まで、太宰の命日六月一九日に「沼津桜桃忌」を開いていた。この日は、生誕地の青森県では生誕祭が行われていることから、二〇一二年からそれにならって生誕祭を開いている。当日は、太宰の作品「桜桃」にちなんで、文学碑の前にサクランボを供える。

太宰も踏みしめた、幅約1.8mの大きなならせん階段。大きなスギの丸太の柱は、天井裏まで延びている

太宰の初版20冊所蔵。伊豆ゆかりの文学者の書籍なども収めた資料室

安田屋旅館の正面玄関

正面玄関横にある太宰の文学碑

安田屋旅館
住 沼津市内浦三津19
☎055-943-2121
P 乗用車20台 バス5台

ほっこりPOINT

いけすや

沼津内浦漁港が直営している目の前に海が広がる食堂。おすすめは鮮度抜群の活アジ。時期により活マダイが提供される(写真は活アジ丼)。干物や地元の海産物も販売している。

住 沼津市内浦小海30-103
☎055-943-2223
P あり

牧水荘 土肥館

伊豆市土肥

語り継がれる旅の歌人 牧水の足跡

若山牧水は一九一八（大正七）年から八年間土肥を訪れ、通算一二〇泊もしている。そのうち七〇泊は土肥館だ。四代目館主、野毛孝容《のげたかよし》氏はその理由を三つ挙げる。まず、人との繋がり。三代目館主泰三氏とは大の酒好き同士として意気投合した。歌人牧水ではなく、旅人若山繁（本名）として気持ちを許していたのだ。お酒はいつも灘の生一本「白鹿」を用意していたという。

ふたつ目は、牧水の生まれ故郷宮崎と土肥の温暖な気候と風土がよく似ていること。彼は滞在中、早咲きの梅に喜んでいたらしい。三つ目は、年始客から逃れるため。歌人として弟子も多く人望の厚かった牧水は、押し寄せる客が多くて閉口していたらしい。

沼津から土肥に向かう船上から眺める富士山や千本松原の景観に心惹かれた牧水は、一九二〇（大正九）年八月に家族で沼津に移住し、その五年後には家を建てている。その際、泰三氏は資金援助をした上、土肥の棟梁とその大工仲間の手配もしたそうだ。旅館の館主と客の関係を越え、友情で繋がったふたりは、昼から翌朝まで語り、飲み明かした。

鉄瓶のふちに枕しねむたげに
徳利かたむくいざわれも寝む

土肥館には「牧水ギャラリー」があり、おもに宿泊者を対象として、朝夕の二回、野毛氏が牧水の魅力をたっぷり語ってくれる。直筆原稿のほか、ゆかりの品々も豊富に展示され、玄関前には牧水の歌碑もある。西伊豆の名湯土肥温泉。牧水が心を許した一八七三年創業の名旅館土肥館には、旅人の心に沁みる人情話が待っている。

牧水ギャラリー

大浪に傾き走るわが船の
窓に見えつつ富士は晴れたり
若山牧水

牧水荘 土肥館

団 伊豆市土肥289-2　☎0558-98-1050　P あり

ほっこりPOINT

松原公園

土肥の玄関口に位置する松原公園には、足湯、観光案内所、土肥の物産市「ありがとう」がある。また、花登筐、若山牧水、島木赤彦などの文学碑、牧水の胸像も公園脇の海を見渡せる場所にある。地元の人の話では、吉本ばななの「TUGUMI」に出てくる柳の木も公園近くにあるという。沼津出身の芹沢光治良と交流のあった最福寺には資料室があり、直筆原稿やゆかりの品々を見学することができる。

Satouya

手作りケーキのお店。やさしい笑顔の奥さんが迎えてくれる温かい雰囲気が魅力だ。クッキーや小物雑貨などはお土産にも最適。軽いランチもできる。

団 西伊豆町仁科257-2

☎0558-52-3108

P あり

起雲閣

熱海市昭和町

きのみやの大楠の落葉する
五月乃山を我はいで立つ
谷崎潤一郎

文豪たちを魅了した 華麗なる大正モダン

来宮駅に近い繁華街の一角に佇む大正の名建築「起雲閣」。格式高い和室、風雅な洋室、映画のセットのようなローマ風呂、レトロなソーダ硝子越しに望むことのできる見事な庭園など、ゆっくりと時間をかけて見学したい場所だ。

一九一九年に実業家内田信也の別邸として竣工し、増築・改築を繰り返したのち、一九四五年に旅館として開業する。一九九九年に廃業するまでのあいだ、数多くの文学者たちが滞在した。一九四七年春に太宰治が一か月滞在して「人間失格」を執筆した別館は取り壊されてしまったが、翌年の入水自殺三か月前に滞在した「大鳳の間」は今も当時のまま。

志賀直哉、谷崎潤一郎、山本有三の文学対談が行われた「玉渓の間」も現存しており、実際に入室して見学できる。庭に立つ三人の記念写真は貴重な一枚だ。この部屋では、一九九五年に熱海に在住して創作をつづけた池田満寿夫と佐藤陽子、杉本苑子による対談も行われている。舟橋聖一も一九五一年に長期滞在して連載小説を執筆しており、貴重な直筆原稿などの資料が展示されている。

三島由紀夫が一九五八年に新婚旅行で訪れたほか、廃業まで文学者や各界の文化人たちに愛されてきた名旅館の雰囲気はそのまま。近くに在住した坪内逍遥や佐佐木信綱を含め、ゆかりの文学者に関する貴重な豊富な資料に目を通したら、緑濃い庭園に向かってゆったりと腰を下ろし、文人たちが憩いの時を過ごした日々に想いを馳せたい。

細部まで凝った意匠が圧巻の洋室

起雲閣（廃業後、文化財として公開されている）
所 熱海市昭和町4-2　☎0557-86-3101
P 37台

熱海 起雲閣物語
「グレビレア ロブスタ」
中尾 ちゑこ 著
史実をもとに起雲閣の百年をつづった作品

カフェ・ドゥ・シュマン

村上春樹の作品に登場し、今もときおり角川春樹が新人作家を連れてあらわれるという洋食屋だ。優しいサービスで出される料理はどれも丁寧に作られていて絶品。
所 熱海市銀座町1-22
☎0557-81-2079
P なし

池田満寿夫・佐藤陽子 創作の家

熱海駅の東にある高台に建つこの家で、夫妻は愛犬たちとともに生活していた。そこかしこに漂うふたりの生活の残り香にはたじろぐほどだ。明るい窓辺に立つと、池田満寿夫の陽光溢れる海への憧憬を感じ取ることができる。
所 熱海市海光町10-24
☎0557-81-3258
P なし

双柿舎

坪内逍遥は温暖な熱海が気に入り、最初は糸川沿いに別荘を建てたが、にぎやかになったため高台に移った。「シェークスピヤ全集」を完成させるなど、充実した晩年を過ごしたのがこの「双柿舎」だ。風雅な和風建築も庭園も逍遥自身の設計によるもの。裏手の海蔵寺には逍遥の墓がある。
所 熱海市水口町11-17
☎0557-86-6232（平日のみ）　P なし

南山荘
伊豆の国市長岡
葉ざくらに
風音うごくま昼にて
梅は若葉の
うつくしき照りや
北原白秋

迷路のような階段、温泉
文豪たちが愛した風景

伊豆長岡温泉にある南山荘の創業は一九〇七（明治四〇）年。当時は創業者の名前をとって「大和館」と名乗っていた。一九三〇（昭和五）年に、京都の宮大工とともに離れ風客室を建設したのち、訪れた北原白秋はその建築のすばらしさに感激し、ここが源氏山の南面に位置することから中国古典の名山である「終南山」に因んで「南山荘」と命名した。以来、大和館南山荘と名乗るようになった（一九六五（昭和四〇）年「南山荘」に改名）。命名した白秋は、当時の主人に詩を贈っている。

南山荘
所 伊豆の国市長岡1056
※2016年閉館

大和の春秋

時は春、
梅は古木の早咲きに
たよりあらそふ木瓜の艶、
庭の日おもて、ささやかながら
池もさふらふ、
玉も敷きそろ、伊豆石も、
み湯の大和の名もうららかに
えにし長岡、
ほほ、ほう、ほけきょと
鳴くはうぐいす、
そもや先客万来の栄、
風のにほへば世はおもしろと
本当々々
ほいや、御贔屓お願ひ申す
といの、さんや、ありがたや、
といの、さんや、ありがたや。

白秋がはじめて南山荘を訪れたのは一九三四（昭和九）年六月三日のことである。富士の裾野における野鳥の会に参加したのち、六日間滞在した。このとき、白秋は数首の歌を詠んでいる。

温泉については、川端康成が「伊豆温泉記」で「私が知る伊豆の湯で、一番いいのは長岡だった。宿は、大和館（南山荘）だったと覚える」と記しているほどだ。

約八千坪もの緑豊かな敷地に、数寄屋造りによる離れ風客室が配されている。歴史を感じさせる館内は迷路のようだ。歩き回ってみれば、今もここに滞在した文豪たちの息づかいが感じられるだろう。

数寄屋造りのレトロな階段

四国の名石である青石をふんだんに使った"石風呂"

ほっこりPOINT

ひょうたん寿司

料亭のような趣ある建物が目を引く。新鮮な地魚を中心に素材を厳選している。
所 伊豆の国市長岡124-1
☎055-948-0733
P 20台

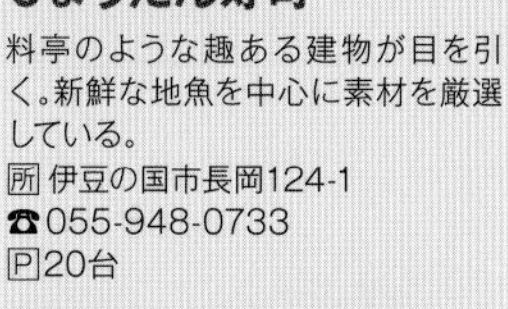

手作りとうふ みずぐち

季節に応じた変わり豆腐が楽しめる。豆腐を使った絶品ソフトクリームはここだけの逸品だ。
所 伊豆の国市長岡647-1
☎055-948-0779 P 10台

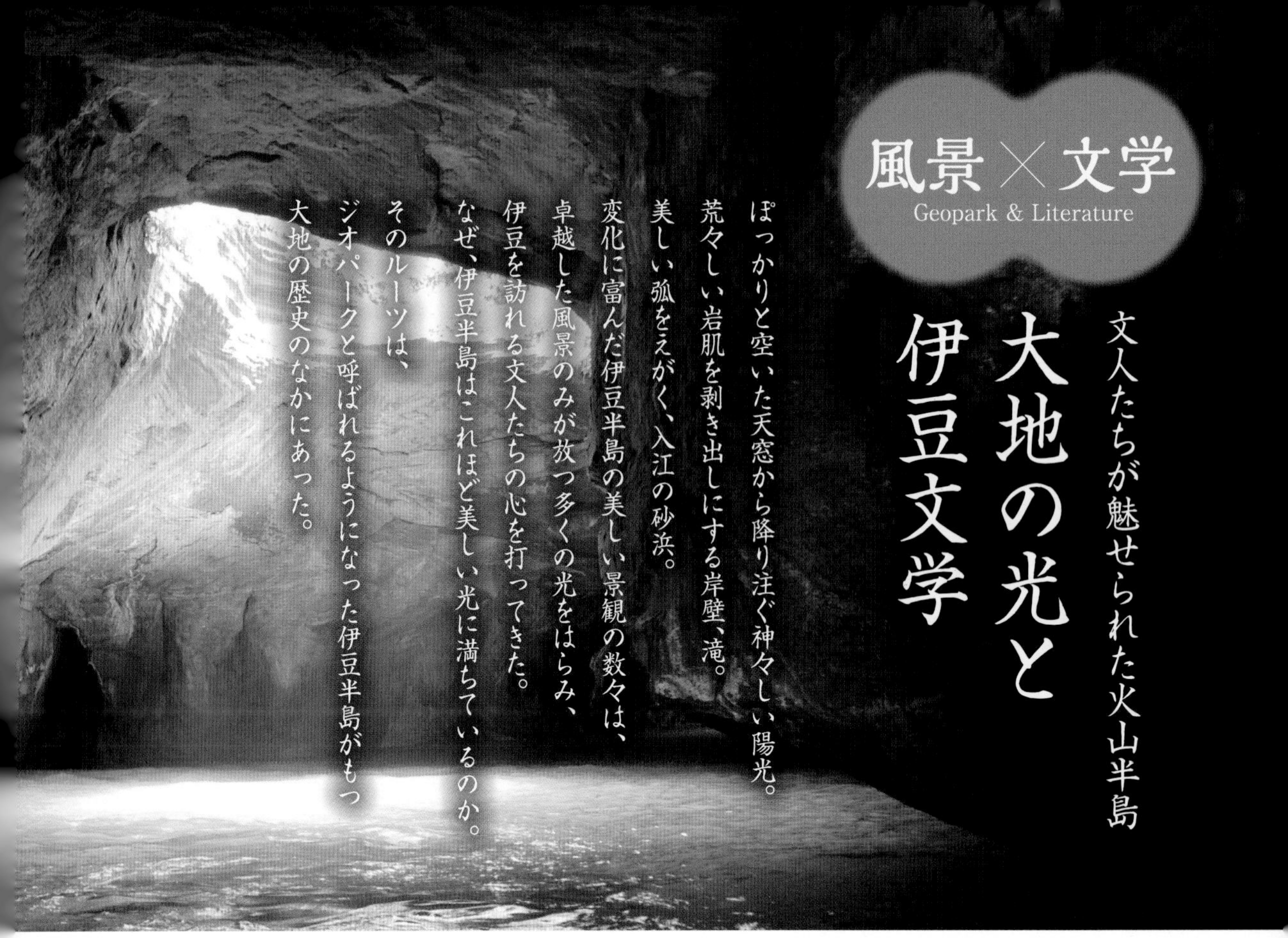

風景×文学
Geopark & Literature

大地の光と伊豆文学

文人たちが魅せられた火山半島

ぽっかりと空いた天窓から降り注ぐ神々しい陽光。
荒々しい岩肌を剥き出しにする岸壁、滝。
美しい弧をえがく、入江の砂浜。
変化に富んだ伊豆半島の美しい景観の数々は、
卓越した風景のみが放つ多くの光をはらみ、
伊豆を訪れる文人たちの心を打ってきた。
なぜ、伊豆半島はこれほど美しい光に満ちているのか。
そのルーツは、
ジオパークと呼ばれるようになった伊豆半島がもつ
大地の歴史のなかにあった。

大地の記憶の物語
川端康成がたたえた
南国の模型「伊豆半島」

伊豆半島の大地の歴史は、今から約二千万年前にさかのぼる。伊豆半島の原型は、本州から数百キロ南に位置する海底火山として誕生した。プレートの移動によって北に移動し、やがて本州と衝突して、約六〇万年前に半島の形になった。その後、陸上での噴火を繰り返し、天城山系の美しい山並みや滝、温泉などがつくられる。南洋の島を思わせる南伊豆、西伊豆の海岸線、一方で、天城山から連なる豊かな水と緑に包まれる山々。これら独特な景観美は、まさに伊豆半島が持つ大地の歴史がもたらしたものだ。

川端康成は、一九三一(昭和六)年に刊行した「日本地理体系」の中で「伊豆序説」と題して「伊豆は南国の模型である」と述べた。本州と特徴の異なる伊豆の風景や植生をそう比喩したのであるが、その後八〇年を経た現在、科学的に伊豆の大地がまさに「南国産」であったことが明らかになっている。

多くの文人たちの心を打ち、その作品に描かれた伊豆の美しさは、大地の記憶がもつ壮大な物語から生まれたのだった。

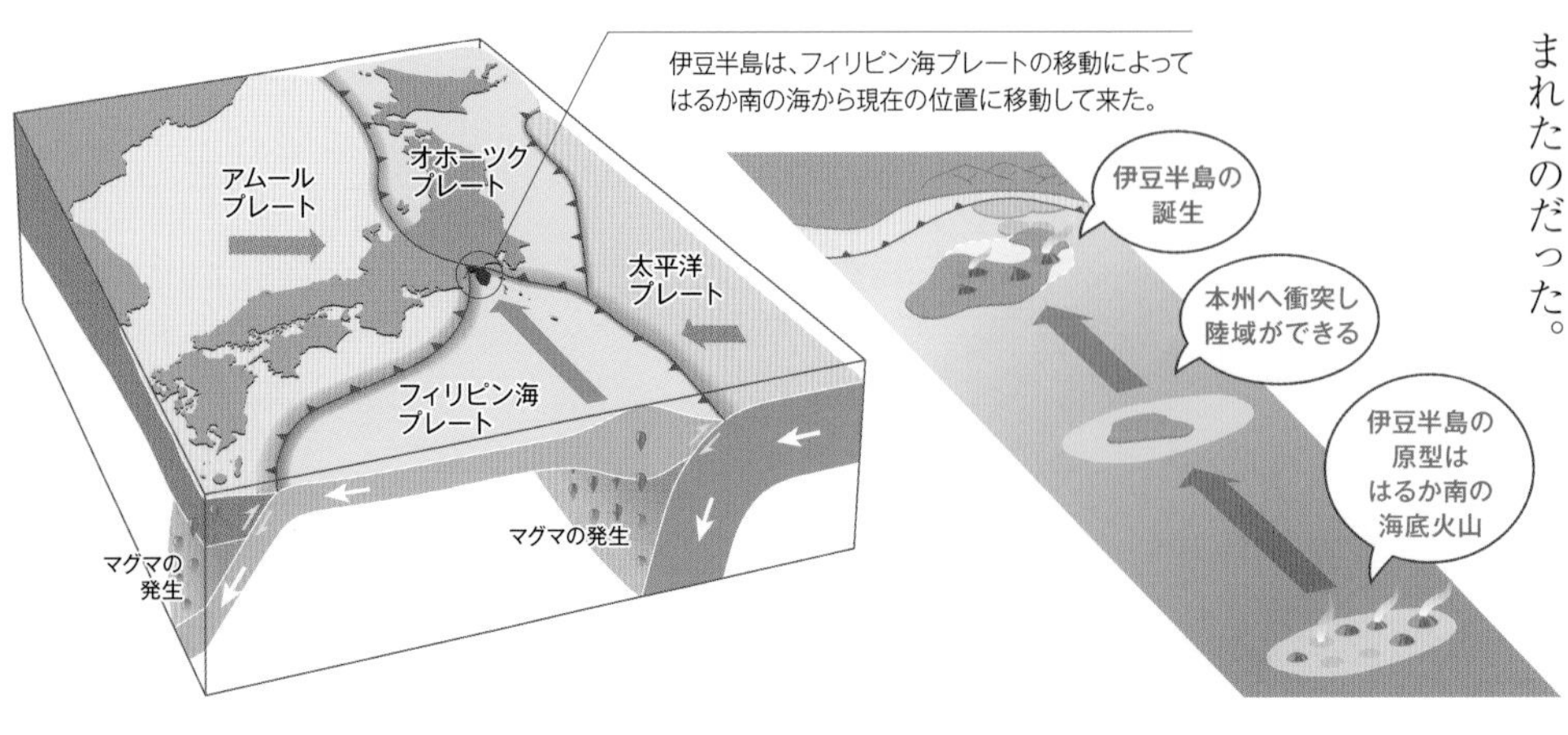

伊豆半島は、フィリピン海プレートの移動によってはるか南の海から現在の位置に移動して来た。

「伊豆序説」　川端康成

伊豆は詩の国であると、世の人はいう。
伊豆は日本歴史の縮図であると、或る歴史家はいう。
伊豆は南国の模型であると、そこで私は付け加えていう。
伊豆は海山のあらゆる風景の画廊であるとまたいうことも出来る。
伊豆半島全体が大きな公園である。一つの大きい遊歩場である。
つまり、伊豆は半島のいたるところに自然の恵みがあり、美しさの変化がある。

（一部抜粋）

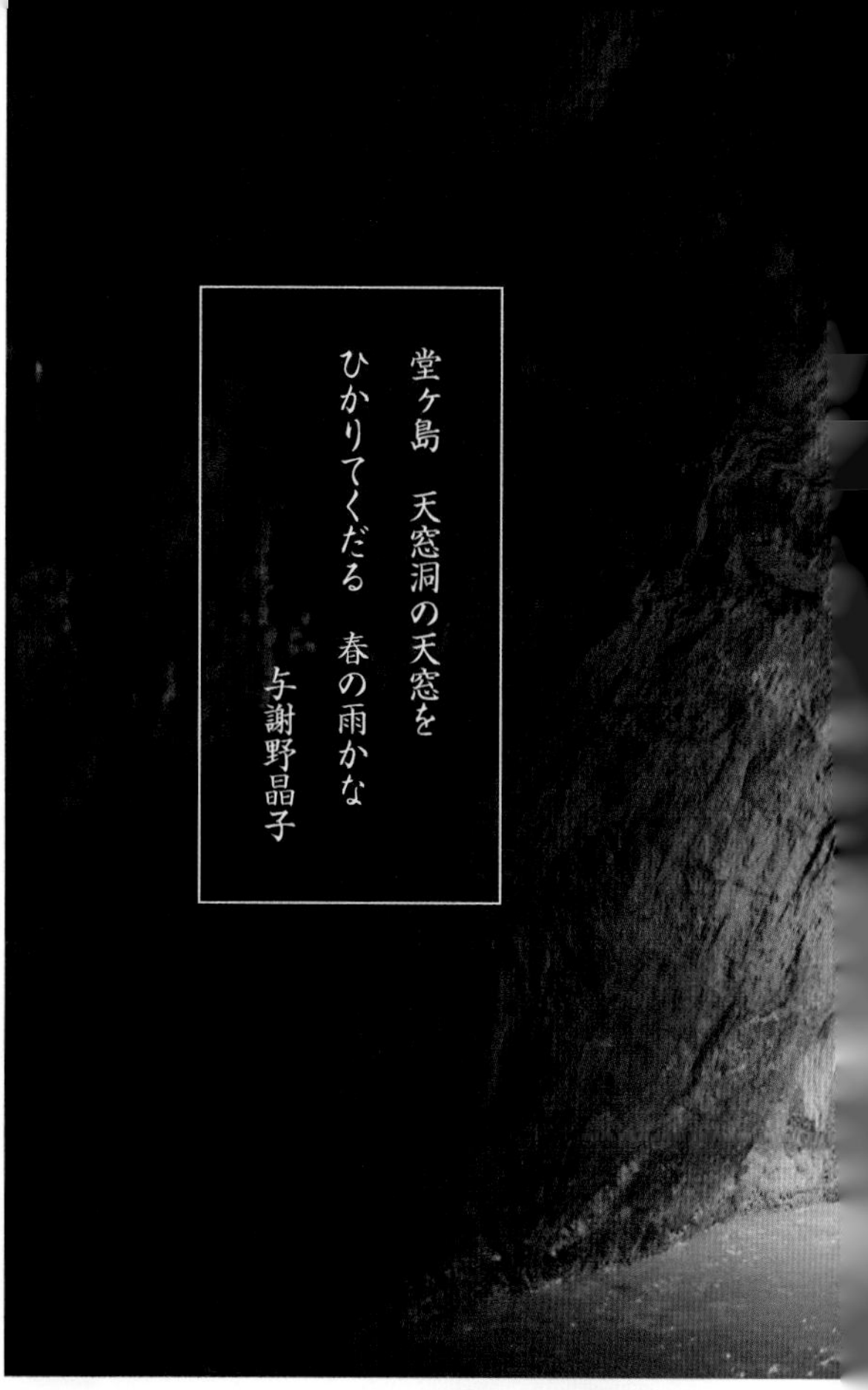

堂ヶ島　天窓洞の天窓を
ひかりてくだる　春の雨かな
与謝野晶子

海蝕洞《かいしょくどう》

主に波の浸食作用によって、岩石の露出した崖の海水面付近が削られてできる洞窟。風の強い南伊豆、西伊豆に多く点在する。天井部が崩落したものは、その穴から光が降り注ぎ、とりわけ美しく、神秘的。

堂ヶ島 天窓洞（西伊豆町）（写真上）

伊豆の代名詞ともいわれる海の洞窟。陥没により生じた天窓は陸地と、洞窟内部に航行するクルーズ船から楽しめる。洞窟の奥深く、紺碧の海水に光線が差し込む様子はまさに神秘の光景。与謝野晶子は春の雨が優しい光を伴って降り注ぐさまを瑞々しい感性で詠った。

所 西伊豆町仁科

白浜の
神の宮居は
今もなほ
みかまどろと
鳴りて尊し
藤原光真

白濱神社 御三釜《おみかま》（下田市）

伊豆最古の下田白濱神社近くの海蝕洞。三つの洞窟からなり、大潮のときしか渡ることができないため、普段は人を寄せ付けない海の秘境。藤原光真は、その神秘的な空間の中に、太古の伊豆を作り出した神々の姿を見た。まさに一級品のパワースポット。

※神域であり、ふだんは立ち入ることができない。

所 下田市白浜

船を捨て異国の磯のここちして
大樹の栢の蔭を踏むかな
与謝野鉄幹

砂嘴《さし》

海の潮流が生み出す嘴《くちばし》のような地形。風と波が削った大地の土砂が、海岸線に沿って一定方向に流されるため細長い岬となって伸びていく。岬の内側には美しく穏やかな砂浜を形成する。

大瀬崎《おせざき》（沼津市）

伊豆半島の北西の端に位置する、長さ1kmほどの砂礫の岬。岬の中央には淡水の神池と、国の天然記念物であるビャクシンの林がある。与謝野鉄幹は、国指定の翌年に大瀬崎を訪れ、そのときの感動を自らの歌に詠みこんだ。

温泉（噴湯《ふんとう》）

半島各地で豊富な湯量を伴って湧き出る伊豆の温泉。山間部から海岸部まで、至るところで豊かな大地の恵みをもたらしている。噴湯は、温泉の水源に地中で強い圧力が加えられ勢いよく噴出するもの。

数年前、谷津に近い峰という山の村で、井戸を掘ったところが、水ではなく湯が、それも非常な勢をもって噴きあがってきた。一昼夜に何万石という噴出量なのだ。で、峰は忽ちに温泉場となってしまった。
（荻原井泉水「メロン作り」）

峰の噴湯（河津町）

1926年の掘削以来、100℃の温泉が地上30mの高さまで自噴する伊豆随一の噴湯。たくさんの湯煙をあげなら地中から湧き出る湯は、温泉半島伊豆の象徴。荻原井泉水は大地の豊かな恵みと伊豆との深い関わりを噴湯をモチーフに綴った。

所 河津町峰

私はいまでも都会の雑踏の中にある時、ふと、あの猟人のように歩きたいと思うことがある。ゆっくりと、静かに、冷たく――。そして、人生の白い河床をのぞき見た中年の孤独なる精神と肉体の双方に、同時にしみ入るような重量感を捺印するものは、やはりあの磨き光れる一個の猟銃をおいてはないかと思うのだ。
（井上靖「猟銃」）

溶岩流

火山の噴火によって流れ出した溶岩が冷え固まってできる台地状の地形。マグマの粘度や成分、流れる地形によって様々な景観美を生み出す。伊豆半島に多く見られる美しい渓谷や滝は、その多くがこの溶岩流が生み出した奇跡の痕跡といえる。

滑沢《なめさわ》渓谷（伊豆市）

滑沢火山から大量に流れ出した溶岩が、もともとあった谷を埋め立ててできた溶岩流。後に渓流が長い年月をかけて溶岩の表面を磨き上げ、一枚岩の上を水が流れるがごとく美しい溪谷を作り上げた。井上靖は、その岩肌と清冽な水の流れを孤独な男の心情と重ね合わせた。

所 伊豆市湯ヶ島

伊豆半島ジオパーク
IZU PENINSULA GEOPARK

大地の歴史～南からの贈りもの
「伊豆半島ジオパーク」

2018年4月、伊豆半島は約2000万年前の誕生から現代にいたる壮大な大地の物語が高く評価され、ユネスコ世界ジオパークに認定された。
ジオとはギリシャ語で、「地球」や「大地」のことで、ジオパークは、ダイナミックな地球の活動に思いをはせる「大地の公園」を意味している。ジオパークとは、こういった地質がもつ特異な輝きを保全し、地域の発展に貢献する活動だ。
多くの文人たちに愛され、描かれた伊豆の美しい大地は、ジオパークと名前を変えて、これからも伊豆を訪れる多くの人々の心を打ち続けるだろう。

https://izugeopark.org

海蝕崖《かいしょくがい》

海からの風や波に削られ、崩れてできる海沿いの崖。削り取られ、剥き出しになった荒々しい大地は、ときに見るものの心を揺さぶる圧倒的な存在感を醸し出す。

三島由紀夫の文学碑

船首の左に、黄金崎の代赭いろの裸かの断崖が見えはじめた。沖天の日光が断崖の真上からなだれ落ち、こまかい起伏は 光りにことごとくまぶされて、平滑な一枚の黄金の板のように見える。断崖の下の海は殊に碧い。異様な鋭い形の岩が身をすり合わせてそそり立ち、そのぐるりにふくらんで迫り上った水が、岩の角々から白い千筋の糸になって流れ落ちた。

（三島由紀夫「獣の戯れ」）

黄金崎（西伊豆町）

茶色い岩肌は、その大地が海底にあった時代に地中の高熱水にさらされ変質したことに起因する。西伊豆の美しい夕陽に照らされ、まばゆいばかりに黄金色に輝く。三島由紀夫は、その美しい光景を豊かな感性で印象的に綴った。

囲 西伊豆町宇久須

スコリア丘

こんもりとした丸い形が特徴の小さな丘。スコリアと呼ばれるマグマのしぶきや火山弾が火口から噴き出し、幾重にも降り積もり、丸みを帯びた独特な山体を形成する。山頂には、すり鉢状の火口が見られることが多い。

伊豆は日のしたたるところ花蜜柑《はなみかん》
鷹羽狩行

大室山に落暉《らっき》の余光鎮む時
胸奥《ふか》く返るもののひそけさ
穂積忠

大室山（伊東市）

今から4000年前の噴火で誕生した伊豆最大のスコリア丘。美しい草原のような山体は、毎年行う山焼きによるもの。山頂からは360度の大パノラマと、遠く相模湾に浮かぶ伊豆諸島の神秘的な姿が楽しめる。山頂に狩行の句碑が建てられている。穂積忠は、落日の光と影に映し出される大室山の美しさを印象的に詠んでいる。

囲 伊東市富戸

父・井上靖の故郷を行く

黒田佳子

黒田佳子（くろだ よしこ）
井上靖の次女。1945年京都市生まれ。詩人。立教大学文学部卒業。詩誌「焔」同人。著書に「父・井上靖の一期一会」がある。

井上靖(1907—1991)

誰にもある心のふるさと、美しい日本語の対話、自然とともにある生活…。
井上靖の作品から、私たちは豊かな「心の原風景」を感じとることができる。
幼いころ、祖母かのと暮らした「川が落ち合う特別な村」。
遠くに富士山をのぞみ、天城山に隔たれた湯ヶ島での暮らしは
井上にどのような影響を与えたのだろう。
のちに、「山脈」とも呼ばれる幅広い作品群を生み出す原点が、ここ湯ヶ島にはある。
井上の次女で詩人の黒田佳子さんに湯ヶ島を歩いてもらい、
娘だけが知る父・井上靖の言葉のはしばしからくみ取った
故郷に寄せる思いを綴ってもらった。

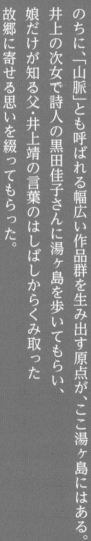

父の故郷、湯ヶ島

井上靖は静岡県伊豆市湯ヶ島で、代々の医者の家の長男として生まれた。軍医のため転勤の多い親の都合で幼い時から両親と離れ、一八歳までを伊豆で暮らしている。小学時代は湯ヶ島で祖母と暮らし、祖母亡きあとは三島の大社前の親戚の家で、その後は沼津の寺・妙覚寺で中学時代を過ごしてきた。湯ヶ島での思い出は「あすなろ物語」や「しろばんば」に、三島と沼津の思い出は「夏草冬濤《なつぐさふゆなみ》」にと、小説に書いている。

井上靖に「故里美し《ふるさとうるわ》」という短編がある。長男の嫁との不仲から、娘の家に身をよせ暮らす老女の話だ。故郷を飛び出して以来ずうっと故里を夢み続ける彼女に帰郷の夢が叶う機会が訪れる。帰郷の列車から風景を眺めながら、徐々に故郷に近づく歓びが溢れるように伝わってくる作品だ。故郷に向かう老女の歓びこそ、かつて帰郷時に井上靖自身が味わった思いに違いない。

勝気で意地っ張りな主人公、周囲の人はそれにさりげなく付き合っている。これは井上靖が故郷の作品によく登場させる人物だ。

「温泉も湧き、気候も温暖で風光明媚。なのに何故だか、伊豆の人は気難しく訳もなく誇り高い。流刑地として流された貴族の気風が伝わったのだろうか。気に入らないと、怒りもしないが、横をむいて知らん顔をする」。これが伊豆の気質として井上靖は面白がっていたが、娘からみると父の気質そのままだ。

川が合流する場所

東京から湯ヶ島に行くには三島から下田街道に入る。下田街道の横には狩野川が並行して流れている。

井上靖は川が好きだった。外国でも川があると必ず見ていたが、私には父親が川の何にそれほど惹かれるのか分らなかった。

けれど後になって「自分が育った湯ヶ島は川が合流する地点に在った。合流するというだけで自分の村は特別な村と感じて育った」との文章を読んで、おやっと思った。

合流した川は姿も響きも変えて流れて行く。流れに沿って人は集まり、やがて海へと入ることを「いつも不思議に感じていた」とも書いている。私には川はただ美しい自然だったから、父のそんな想い入れが意外に感じられた。

湯ヶ島の一帯は以前、上狩野村と呼ばれていた。下田街道を天城方面に進むにつれて両側の山やまが迫り、隠れ里にでも導かれているような気になる。そんな時、交通が不便な頃の湯ヶ島は、本当に川の上流で閉ざされた集落だったのだろうと感じる。

幼少期にみつめた猫越川と本谷川の合流地点

北に向かって整列すると、
遠くに富士が見える。
廻れ右すると天城が見える。

旧湯ヶ島小学校校庭。ここには「地球上で一番清らかな広場～」の碑がある

その湯ヶ島に何十年もあった井上家の家屋は、今は「昭和の森」の公園に移築されている。家の庭の隅に建っていて、「しろばんば」の洪作《こうさく》とおぬい婆さんが住んでいた「土蔵」は壊され、かわいい模型となって「昭和の森」に展示されている。

「富士は父、天城は母。父と母が見ている校庭でボールを投げる。誰よりも高く、美しく、真直《まっす》ぐに、天にまで届けと、ボールを投げる。」と井上靖が詩にした小学校は高台にある。

学校から坂を降りると弘道寺があり、寺の隣に天城神社がある。その境内に置かれている奇妙な狛犬は「山犬」から村を守っているのだそうだ。山犬とは狼のことらしい。神社を出るとのどかな田んぼが広がって、あまりに穏やかな風景に見惚れて、暫くそこに立ち止っていた。

　井上家の前を通っている小道が旧下田街道だったと聞いて驚いた。辺りの家々は今は殆ど普通の住宅にしか見えないが、お隣りは花屋、斜め前は金物屋、向こうの懐かしいナマコ

井上靖旧邸にて

天城神社（左）と山犬ににらみを利かせるユニークな顔の狛犬

壁を残している家は呉服屋だった。道の端には馬車で道が崩れないようにだろうか、小石も並べてある。つまり井上家も昔は街道沿いの医院だったのだ。と気がつくと、その一帯が急に明治大正の頃の下田街道の一部として蘇って見えた。

父の愛した湯ヶ島をゆっくりと歩く黒田さん

井上家跡地に立つ「しろばんば」の碑

天城の少年が見たもの

ひさしぶりに「猟銃」の碑が立つ滑沢渓谷に行った。一二月の光を反射し流れる渓流の美しさに思わず声をあげてしまった。この渓谷でも川は合流していて、雑木林の間を流れて行く。数年前に中国の人を案内した時「川だ、川だ」と叫んでみんなが川べりに駆けて行くので驚いたことがある。飲めるのか聞きながら、北京では渓流など見られないと話してくれた。日本の水と緑を誇らしく感じた思い出だった。

清流の底を覆う、滑りやすそうな石の川床は、天城の噴火で流れたマグマがそのまま固まったものだそうだ。伊豆半島は噴火で石が多いと説明された。見れば傍らの崖の土からも大きな石の一部が覗いて見えた。

以前は、狩野川には何処にでも大きな岩が転がっていて、村の子供たちは水遊びの後に寝転んで休んでいたものだ。井上靖は「巨石は昔の災害で流れてきたものと聞かされている」と書いている。けれど、一九五八（昭和三三）年の狩野川台風の鉄砲水で粉砕されたのか、残念だが今では大きい石は殆ど見られない。

「なぜかその中年男は村人の顰蹙を買い、彼に集まる不評判は子供の

清らかだが厳しい雰囲気を漂わせる冬の滑沢渓谷

私の耳にさえも入っていた」と始まる井上靖の代表作、散文詩の「猟銃」。「ある冬の朝、私は、その人がかたく銃弾の腰帯《バンド》をしめ、コールテンの上衣の上に猟銃を重くくいこませ、長靴で霜柱を踏みしだきながら、天城への間道の叢をゆっくりと分け登ってゆくのを見たことがあった」。

天城の少年だった父は、実際にこの詩のような場面に出合ったのではなかろうか。現実感の伝わる詩だ。渓流に沿って登っていく男性の後ろ姿を想像してみた。

他所者《よそもの》には分からない宝

随分前のことになるが、私は父と一緒に伊豆半島の海岸をぐるりと車で周ったことがある。「伊豆は源頼家の悲劇で知られたり、北条氏との歴史もあり、維新になればハリスの来航と下田など色々謂われはあるが、これと言って強烈な歴史が沢山あったわけでもない。けれど何故かな、伝わる説話には悲しいものが多い」と父は言っていた。

車の動きにつれて窓からは所々に小さな入江が、見えたり隠れたりしていた。湾は御碗を半分に割ったような地形をしていて、内浦とか外浦とか呼ばれていると教えてくれた。「昔からこれらの湾で人は漁で暮らしてきたのだろうが、もっと大昔は海で暴れた荒っぽい民族だったのかもしれない。こんな小さな湾だけれど、それぞれの湾にそれぞれ集落が在って、固まって暮らしている。伝わる風習も湾によって少しずつ違う。祭の飾りだって違うのだろう。そして各々が自分たちの村は、と自慢に思っているんだな」。そう話す父の愛おしそうな表情を覚えている。

「それにしても、この地形では台風の時は波がきて大変だろうなあ」と言うと、「そうなんですよ。家の中まで水が入って来たりして。水が引くと、畳に魚が跳ねていたりしましてね」と、それまで黙って走ってくれていた運転手さんが突然、どうしても一言、といった感じで会話に参加してきた。この辺りの出身とのことだった。飛び込んだ魚はと聞くと、「鯛なら塩焼きですね」と笑っていた。

私は電車で通過しながらいつも窓から見下ろしていた熱海の町を思い浮かべた。熱海の湾はびっしりと旅館や別荘で埋められ、夜などは灯で玩具のような町に見えた。

夜の伊豆半島を上からみると、どんなに見えるのだろう。海岸線に連なる小さな湾の灯は首飾りのように、中央の山間の灯はバラバラと散乱して。井上靖が川を特別に思ったように、それぞれ他所者《よそもの》には分らない宝を胸に抱いて、人々は暮らしているのだと思った。

りんのふるさと

詩人・石垣りんは南伊豆町子浦にある寺の墓地で永久の眠りについている。
東京生まれのりんの墓がなぜこの地にあるのかを、
生前親交のあった詩人・小長谷源治氏に読み解いていただいた。

日本現代詩人会会員　小長谷源治《こながやげんじ》

ほんとに「抱いた」

もう四〇年以上前のことだが、随筆「夏の日暮れに」をはじめて読んだときは驚いた。あの詩人、石垣りんが伊豆に縁のある人なのだという驚き。こう書いてあった。「伊豆は遠いところです。私の両親は伊豆に生まれました。父は子浦、母は岩科の峯です。といえば、ああそうか、と伊豆の人ならわかります。現在の地名では、南伊豆町子浦、松崎町峯と呼ばれています。私はその二人によって、東京で生まれました」。驚きとともに親近感がわいてきた。嬉しかった。

すぐに連絡をとって、当時勤めていた松崎中学校で講演をしてもらった。詩人石垣りんの二回目の講演。彼女の中にもこの土地に対する強い思いがあったことと思う。文章はこう続いていく。「ちち、ははの墓は伊豆にあります。墓にはほかに祖父母、二度目の母。それから私の二人の妹などがおります。にぎわうほど深くしずもる」。りんは今、その子浦の西林寺の墓地で母と一緒に眠っている。

村

ほんとうのことをいうのは
いつもはずかしい。

伊豆の海辺に私の母はねむるが。
少女の日
村人の眼を盗んで
母の墓を抱いた。

物心ついたとき
母はうごくことなくそこにいたから
母性というものが何であるか
おぼろげに感じとった。

墓地は村の賑わいより
もっとあやしく賑わっていたから
寺の庭の盆踊りに
あやうく背を向けて
ガイコツの踊りを見るところだった。

叔母がきて
すしが出来ているというから

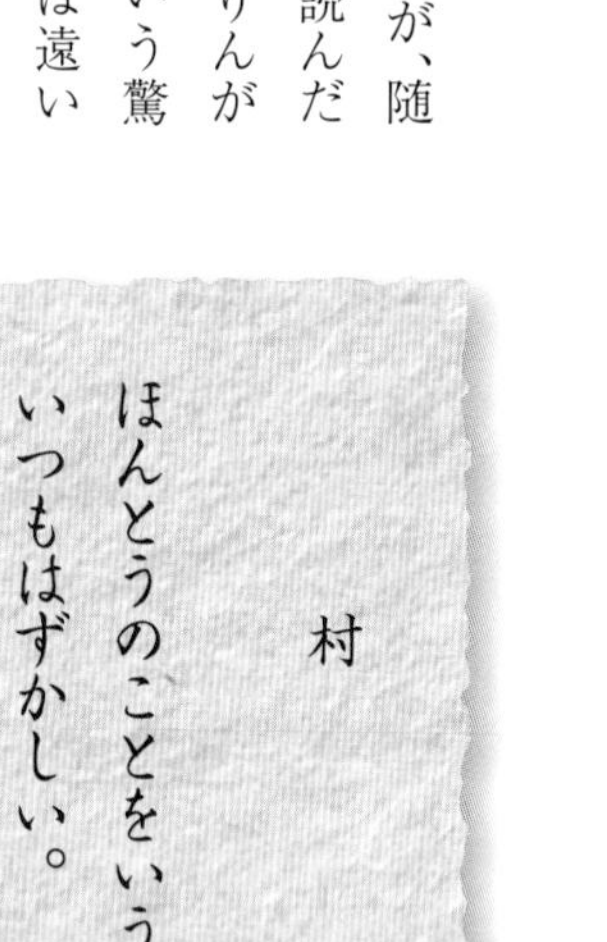

南伊豆町子浦にある石垣りんと家族の墓地

石垣りん（1920−2004）

詩人。1920年、東京都生まれ。4歳の時に生母と死別、以後18歳までに3人の義母を持つ。また3人の妹、2人の弟を持つが、死別や離別を経験する。小学校を卒業した14歳の時に日本興業銀行に事務員として就職。以来定年まで勤務し、戦前、戦中、戦後と家族の生活を支えるかたわら、詩を次々と発表。代表作に「表札」など。第19回H氏賞、第12回田村俊子賞、第4回地球賞受賞。「断層」「歴程」同人。

小長谷源治

詩人。松崎町在住。石垣りんと親交が深く、石垣りん文学記念室開設に尽力した。

りんが亡くなる二、三年前、母の墓をほんとに抱いたか聞いた。「抱いた」。「物事を二重に見るくせがある」とも言われた。知性と感情が豊かな少女であった。

南伊豆の風景がりんの記憶に強く息づいていることも嬉しかった。これも「夏の日暮れに」の一節。「いまは東京から下田まで、電車で三時間ですが、西海岸の子浦から半島の南端、石廊崎をまわり、下田の港へ行くまでに、同じ時間ほど船に乗った覚えがあります。蓑掛岩を外から見ました。それは手品師が自分のふところから目的物を出して見せるのに似ていました。船がそこにさしかかる前に、父は自分が用意しておいたもののように、ホラ、あれだ、あれが蓑掛岩だ、と目を輝かせ、笑いこぼれて示すのでした。岩はそうして私の記憶に位置しました。小学校何年生の時でしたか？」

これが「はるかな岩」という詩にむすびついた。ここが石垣りんのふるさとなのだと実感できた。

この世のつきあいに
私はさびしい人数の
さびしい家によばれて行った。
母はどこにもいなかった。

はるかな岩

子供のとき伊豆半島の船旅をした。
南端の石廊崎を通過する際
三つ四つとんがりのある蓑掛岩を沖合から見た。
素晴らしい眺めだった。
あれから半世紀
昨秋羽田から徳島へ行く飛行機が大島上空にさしかかるころ
見えた！　はるかにあの蓑掛岩が。
私の過ぎた月日は
海と空のへだたりの中に消えたのだろうか？
高度四千メートル、光の中で思った。

蓑掛岩

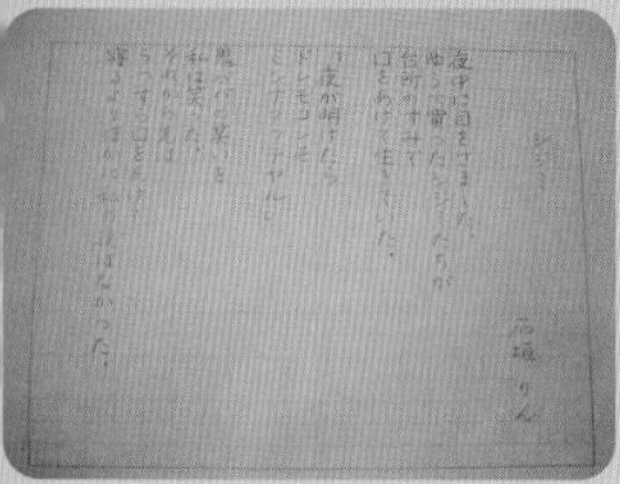

原稿「シジミ」

愛用したベレー帽

遺品や詩稿、蔵書などが収蔵、展示されている石垣りん文学記念室

恋の詩「不出来な絵」

記念室ではりんが自分の詩を朗読する
映像を見ることができる

石垣りんの第五詩集「レモンとねずみ」は、死後刊行された。亡くなる半年ほど前に願いを託された出版社社長の田中和雄氏の友情によるものである。未刊詩約三五〇編のなかから四〇編が選び出された。きびしい家庭生活も歌われる。彼女のかぼそい働きが、かたむいた柱のように支えている。「恋人」という作がある。そこに出てくる「鳥」は自分である。つつましい恋である。ひとりだけ、「家に来ないか」と言ってくれた人があった、と聞いた。

　第一詩集「私の前にある鍋とお釜と燃える火と」収載の「不出来な絵」

恋人

君は真珠のネックレスが欲しくないのか、という。
ええ、と答える
それからあとは黙ってしまう
すると心の中で鳥が歌いはじめる
欲しいのよ
ネックレス
私だって娘、
だけどあなたが高いお金を
つかうのが悲しいから
お金のかなしみを知っているから
その品で
身を飾ることができない
そんな心の貧しい娘。
鳥が歌うのをやめると
娘は夢みる、
町のショーウインドーをのぞいて
あそこに
あの人が私に贈ろうと思った
真珠のネックレスがある。
娘はそれを
架空の首にかける
目がキラキラかがやく。

石垣りん文学記念室

住 賀茂郡南伊豆町加納791-1
☎0558-62-7100
P約10台

石垣りんの生前の夢が叶い、2009年３月に南伊豆町立図書館内に開設された。生前愛用した文机やベレー帽をはじめとする遺品や詩稿、蔵書や親交のあった詩人たちからの手紙などが収蔵、展示されている。館内で鑑賞可能な自作を朗読するありし日の映像に接していると、そこにりんさんがいるように思えてくる、そんな温かみのあるこじんまりとした、すてきな記念室だ。町では遺作を中心にした詩や随筆の朗読会を定期的に開催して、郷土が生んだ詩人に親しむ環境をつくりだしている。

石垣りんは東京で生まれ育ったが、父の出身地は南伊豆町だった。2004年12月26日死去。ふるさと子浦の湾を見晴らす山の中腹にある西林寺の墓地で、家族と一緒に静かな眠りについている。

は、生前、恋の詩と聞いていた。石垣りん文学記念室の開設準備作業のなかで、ああ、この絵は、遺族から南伊豆町に寄贈された洋画なのではないか、とふと思った。美術学校へ行きたい、という希望もあったくらいだから、美術に才能があった。堅い恋だった。

敗戦の一九四五年、りんは二五歳。あの時代、男性が少なく、女性はトラック一杯に男子一人など、冗談が言われた時代である。戦死ということも考えられる。りんの恋人探しは迷宮入りとなった。

石垣りん画「赤い道」

不出来な絵

この絵を貴方にさしあげます
下手ですが
心をこめて描きました

向こうに見える一本の道
あそこに
私の思いが通っております。

その向こうに展けた空
うす紫とバラ色の
あれは私の見た空、美しい空

それらをささえる湖と
湖につき出た青い岬
すべて私が見、心に抱き
そして愛した風景

あまりに不出来なこの絵を
はずかしいと思えばとても上げられない

（後略）

梶井基次郎の湯ヶ島時代
——光と闇の絵巻

細川光洋

五月、初夏のまぶしい陽射しが青葉に降りそそぐころ、湯ヶ島では梶井基次郎を偲ぶ「湯ヶ島檸檬忌」が開催される。梶井の本来の忌日（三月二四日）とは異なるこの時期に会が行われるのは、滞在先の湯川屋から川端康成に宛てた一九二八（昭和三）年四月三〇日の書簡の一節が文学碑に刻まれていることに由来する。

山の便りお知らせいたします
桜は八重がまだ咲き残つてゐます
つつぢが火がついたやうに咲いて
来ました
石楠木は浄簾の瀧の方で満開の
一株を見ましたが大低はまだ蕾の
紅もさしてゐない位です

南国の陽の光は、その分だけくっきりと、深い闇を生み出す。――「檸檬」の作家・梶井基次郎が湯ヶ島で発見したのは、陰翳豊かに息づくこの〈闇〉だった。東京で肺病による喀血をくり返し、その転地療養のために湯ヶ島温泉に逗留した梶井は、生命を輝かせる光の中にも「白日の闇」を見出さずにはおかない。ようやく作品が認められ、まさにこれからというときに、卒業論文の提出さえままならなかった失意の日々。梶井の見つめた闇は、とりもなおさず、自らの青春の理想が映し出した影にほかならなかった。

濃い藍色に煙りあがったこの季節
の空は、そのとき、見れば見るほど
ただ闇としか私には感覚出来な
かったのである（「蒼穹」結び）。

梶井が湯ヶ島を訪れたのは一九二六（昭和元）年の大晦日。二五歳の時である。落合楼に一泊して新年を迎えた梶井は、湯本館に滞在中の川端を訪ね、その紹介で湯川屋に止宿する。以来、一九二八年の五月上旬まで一年四ヶ月余りを湯ヶ島で過ごした。単なる旅人ではなく、また井上靖のようにこの地を故郷とするものでもない「滞在者」の視点が、湯ヶ島を舞台にした梶井作品を特色あるものとしている。

先の見えない療養時代――しかしそれは一方で、梶井にとって恩寵ともいうべき文学的青春の時代であったことも確かであろう。『伊豆の踊子』の校正を手伝いながら川端と親交を深め、この地を訪れた三好達治、萩原朔太郎、尾崎士郎、宇野千代らとも識りあった。宇野をめぐる恋模様

世古の滝

昭和初期の湯川屋

湯ヶ島の清流

細川光洋（ほそかわ　みつひろ）
静岡県立大学国際関係学部　教授
専攻は日本近代文学
吉井勇、北原白秋などの歌人や、
谷崎潤一郎、寺田寅彦を主に研究

は、伊豆文学を語る上で欠かせない挿話である。彼らとの交友が、いまもなお梶井という夭折の文学者の輪郭を鮮やかに浮かび上がらせている。闇はまた、光を際立たせるのだ。

湯ヶ島では渓流の水音が何処にいても聞こえてくる。明晰な「視る」人であった梶井が湯ヶ島で発見したもう一つの重要なもの、それはこの水音――聴覚的な世界である。

どうした訳で私の心がそんなものに惹きつけられるのか。心がわけても静かだったある日、それを聞き澄ましていた私の耳がふとそのなかに不思議な魅惑がこもっているのを知ったのである。……この美しい水音を聴いていると、その辺りの風景のなかに変な錯誤が感じられて来るのであった。（「筧の話」）

山あいの古びた筧《かけひ》を伝わってくる「見えない水音の醸し出す魅惑」。それは梶井に個の存在を超えて持続する何か――「無限の生命」の深秘や、生成と消滅をくり返す生の営みの不思議を感じさせるものだった。時に絶望感や焦燥感に襲われながらも、梶井はこの清冽な水音にじっと耳を澄ます。「瀬を揺がす河鹿の声」のなかに刹那の「痴情の美しさ」を描く佳品「交尾」（その二）は、そんな梶井が書いた「生きとし生けるもの」への讃歌であった。

湯ヶ島を舞台にした梶井の作品には、光と闇、刹那と無限とが交錯する。なかでもとりわけ強い印象を残すのは「闇の絵巻」であろう。川端のいた湯本館から湯川屋へ帰る道中、「私の前を私と同じように提灯なしで歩いてゆく一人の男」がいることに気づいた「私」は、その男が明るみのなかへ突然姿を現し、やがてまた闇に消えて行く様子を見る。

私はそれを一種異様な感動を持って眺めていた。それは、あらわに言ってみれば、「自分もしばらくすればあの男のように闇のなかへ消えてゆくのだ。誰かがここに立って見ていればやはりあんなふうに消えてゆくのであろう」という感動なのであったが、消えてゆく男の姿はそんなにも感情的であった。

くり返される生と死のドラマが、あたかも光と闇の織りなす絵巻のように描かれている。梶井の湯ヶ島体験を締めくくるこの作品は、〈闇〉との和解のドラマでもあったのである。

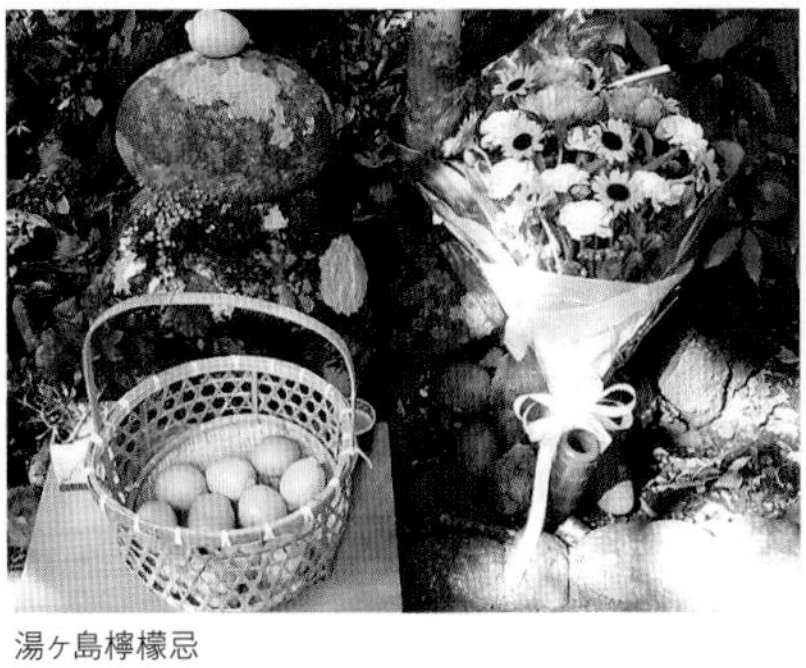
湯ヶ島檸檬忌

詞碑（檸檬忌）

深読みで楽しむ伊豆文学

『天城峠』に登場する猪鍋

伊豆文学と食

小説の中の食事風景をちょっと深読みしてみると、新たな作品の意味を見出せる。そして、作品の舞台を訪れ、ここであの主人公がこんなものを食べていたなあなどと思いを馳せつつ、文学の世界に浸るのもまた一興である。

川端康成は、容貌から見ると食に関しては淡泊そうであり、実際、作品中の食事場面も多くない。『伊豆の踊子』では、文脈を左右する場面は僅か二箇所。旅芸人の女たちに「鶏鍋」を勧められた場面と、帰りの船で行きずりの若者の「海苔巻の寿司なぞ」を食べた場面である。

川端自身をモデルとする「私」は、「女が箸を入れて汚いけれども……」と言われて、「鶏鍋」を食べたのだろうか？食べたか食べないかで、作品の意味も変わってくる。潔癖症を絵に描いたような「私」が、帰りの船でたまたま居合わせた少年の海苔巻を、「人の物であることを忘れたかのように」食べることは以前の「私」ならそんなことはあり得ないだろう。しかし、「私」は、踊子との触れ合いによって少しずつ人に心を許すことができるようになっていく。そんな「私」であれば、心を許し始めた旅芸人たちから勧められれば食べただろうと読むのが自然である。食は心の反映である。

一方、文豪と言われる人の中で美食家と言えば池波正太郎である。伊豆を舞台にした短編『天城峠』は、若い頃に妻子と別れ、劇場で裏方をしている録太郎が天城峠で静かに最期を迎える物語。短編の割に食事風景が多いのは池波ならではである。宿で夕食で食べた猪鍋や山芋は今でも天城の名物であり、川海苔も昔は天城峠近くの本谷川で採れたらしい。伊豆らしさ、天城らしさが美味く描かれている。しかし、それ以上に録太郎が喜んだのは、宿の女将が持たせてくれた握飯である。これを見ると、池波にとってのご馳走は、必ずしも高級なもの、手の込んだものではない。今わの際の録太郎が食べた握飯は、こころの温かさいっぱいの最高の餞である。池波は人情を描きたいときに、特別の食事を供している。そして、そういう眼で読むと、より深い心のつながりが見えてくる。

伊豆の踊子像

伊豆文学と女性

男性が主人公の小説で女性が登場しないことはほとんどない。登場する女性の個性は万別であり、小説の出来を左右する重要な要素となっている。女性の登場人物にスポットライトを当てて読んでみると、また違った面白さを発見できる。

伊豆文学における女性像は、大きく二つに分けられる。一つは、主人公が外から伊豆に訪れている場合。もう一つは、主人公が伊豆に住んでいる場合である。前者の代表が川端康成『伊豆の踊子』、後者が井上靖『しろばんば』である。

『伊豆の踊子』には旅芸人の一座を中心とした女性たちが登場する。そのなかで選ばれたのが「薫」である。『雪国』での頂点が「駒子」ではなく、「葉子」であるように、『伊豆の踊子』では圧倒的に「薫」である。

天城山隧道

「薫」ははじめ「稗史的な娘の絵姿のような感じ」として受け止められ、現実的ではない印象である。そして、「若桐のように足のよく伸びた白い裸身を眺める」に至って、「心に清水を感じ」、純粋さに惹かれていくが、急転直下、突然のフェードアウトである。別れに際して「私」は、人目を憚らず涙を流し、それまでにない心の解放が描かれているが、妙にすっきりしすぎていないだろうか。旅情のなかでは、女性は、あくまで空虚な日常の隙間を埋める存在である。

『しろばんば』では、「洪作」を取り巻く曾祖父の妾である「おぬい婆さん」や密かに思いを寄せる叔母の「さき子」、初恋の相手と目される転校生の「あき子」など数多くの女性が描かれている。

その描かれ方は、洪作にまつわる数々のエピソードの添え役的なもので、強いインパクトを与えない。しかし、読んでいると、その中にも洪作の「好み」の傾向のようなものが見え隠れしているのが感じられる。だからといって、不思議と誰か一人に思いが傾いていくというわけではない。読み手からすれば、「もう一押しなのに」と思うところがないではない。しかし、物語は確実に進んでいく。日常のなかでの女性は、主人公の日常を支えている、いや日常そのものである。

石丸憲一（いしまる けんいち）
静岡県伊豆市生まれ
創価大学大学院教授
国語科教育学、道徳教育専門

伊豆生まれの詩人・歌人

詩人 大岡信《まこと》

大岡信（一九三一～二〇一七）は、伊豆三島が生んだ詩人、教育者である。父親の大岡博は久保田空穂に師事した歌人であり、父親の影響もあって学生時代から詩人として注目されてきた。旧制沼津中学校（現沼津東高校）から第一高等学校、東京大学へ進んだ。この頃、父親の主催する歌詩『菩提樹』に詩や評論を発表している。大学卒業後は新聞記者となり、その時の体験から「文章は新聞記事の書き方が基本」というスタンスを取り続けている。

一九六五年、明治大学助教授に就任、五年後には教授に昇任した。傍らで詩や評論を発表し、一九八三年には日本ペンクラブ理事に就任している。一九八八年には東京芸術大学教授に就任した。

一九九九年から国際「しずおか連詩の会」を主宰して、短い詩をリレー形式に連ねていく現代詩を創作し、二〇〇二年には月例講演会「大岡信フォーラム」を開催し、自由に自作の詩を語った。後者はその後「大岡信ことば館」と発展し、三島市に開館された。（現在は閉館）

水辺の文学碑

三島市白滝公園を流れる桜川通りは水辺の文学碑が並び、大岡が二〇〇四年に文化勲章を受章した記念に詩碑が建てられた。碑には、「故郷の水へのメッセージ」から「地表面の七割は水 人体の七割も水 われわれの最も深い感情も思想も 水が感じ 水が考へてゐるにちがひない」と刻まれている。

大岡の盟友であった谷川俊太郎は、大岡信が亡くなった六日後に朝日新聞に発表した追悼の詩「大岡信を送る 二〇一七年卯月」を朗読した。

広瀬神社横の歌碑

歌人 穂積忠《きよし》

穂積忠（一九〇一～五四）は、伊豆大仁（現伊豆の国市）出身の歌人、教育者である。穂積家は代々素封家で、文雅の家系にあった。幼き頃から祖父から俳句の手ほどきを受け、旧制韮山中学校（現韮山高校）在学中に英語の教員が北原白秋の門下であったことから、歌をつくり始め、白秋の弟子となっていく。一方では万葉集を学びたいがために、国学院大学に進み折口信夫を師と仰ぐようになる。

大学卒業後は松本高等女学校で教壇に立つも、関東大震災で郷里の両親のことを慮り、三島高等女学校（現三島北高校）に転勤した。震災被害を含めたこの時の体験が、その後の韮山高校校歌作詞に繋がっていく。やがて母校韮山中学校へ赴任するや、郷土研究を推進し、折口信夫の師である柳田國男とも通じていたことから、生徒と共に民俗学的な研究も行った。

その後、師の白秋が主宰する「多磨」の編集に関わり、一九三九年に歌集『雪まつり』を出版し、これにより第一回多磨賞や歌人協会賞を受賞するなど、中央歌壇にその名を知らしめた。教育者としても伊東高等女学校や三島南高校の校長を務め、一九五四年に急逝した。没後に歌集『叢』が編まれた。

誰よりも伊豆を愛し、天城山を愛し、穂積の歌碑は伊豆において五基を数える。天城の浄蓮の滝近くにある歌碑には、「春もやや 日かげさびしくなりにけり さわさび田の逃水の音」と刻まれ、故郷の旧大仁町（現伊豆の国市）の広瀬神社横には、「山茶花の 霜てる朝を たちいでゝ 富士に息づく 伊豆人われは」と刻まれた歌碑が建っている。

桜井祥行（さくらい よしゆき）
郷土史家　立命館大学文学部卒業
同人誌「岩漿」代表
著書に『歌人穂積忠』『伊豆と世界史』

文学の散歩道

ゆっくり歩けば文学が見える。伊豆のロマンチックなお散歩ルート9本を一挙紹介！

三島

せせらぎの水辺をたどる 魅惑の路地と文学碑の道

三島は富士山の伏流水が街のあちらこちらから湧き出る、水と緑のまちだ。市はせせらぎ散策ルートと名付けて清流わきに遊歩道を整備しており、ゆっくりと散策を楽しむことができる。東京から新幹線で一時間弱、しかもJR三島駅から徒歩五分で、あっという間にマイナスイオンを浴びながら門前町の風情に包まれる。

駅に近い白滝公園内の泉や、近くの菰《こも》池などを水源とする桜川沿いには太宰治、井上靖、司馬遼太郎など、三島にゆかりの作家二一人の文学碑二二基が並ぶ。白滝公園脇の歩道に建てられた碑は大岡信「故郷の水へのメッセージ」の一節だ。

「地表面の七割は水　人体の七割も水　われわれの最も深い感情も思想も　水が感じ　水が考へてゐるにちがひない」

柳の並木や美しく植えられた花に癒やされながら、文字通り文学散歩を楽しみたい。文学碑をたどっていくと、行く手に三嶋大社の脇門が見えてくる。

三島駅からは湧水で知られる庭園、楽寿園も近い。市街地の真ん中にこれほど豊かな緑と静けさが残されているのは驚きだ。この町で児童文学者小出正吾が生まれ、三島由紀夫はペンネームを得ている。

水底にしづく圓葉の青き藻を
差し射る光のさやかに照らす
窪田空穂

源兵衛川の清流

三島出身の児童作家、小出正吾の思いがたくさん詰まった一冊

桜川沿いにある「水辺の文学碑」

ララ洋菓子店 三島広小路店

1934年の夏、太宰治が店主夫人に恋して通ったという。ケーキのほか、天然酵母を使ったパンもおいしい。

団 三島市広小路町13-2
☎055-975-0749
P なし

茶房 欅

白滝公園の清流に面した茶房「欅」。常連は本を片手に店主こだわりのコーヒーをゆっくり楽しむとか。三島の銘水を活かしたみつ豆などの甘味も魅力。桜川の文学碑散歩のひと休みに立ち寄りたい。

団 三島市大宮町1-8-45
☎055-971-5591
P 8台

太宰治のひと夏のはかない片想いの相手が看板娘をしていたララ洋菓子店は、今も地元の人々に愛される名店。そんな逸話に導かれつつ源兵衛川の飛び石伝いに水の上を歩けば、さらに清流の恵みを実感することだろう。源兵衛川と同じく楽寿園を水源とする宮さんの川では、夏はホタルが舞う。市街地を貫く御殿川にも梅花藻が繁茂し、人の暮らしに潤いを与えている。湧き出す清流の恵みが大きなスケールで感じられるのが、隣接する清水町の柿田川湧水だ。三島駅からはバスで二〇分、少し遠いが水辺散策の仕上げにぜひ足を伸ばしたい。

宮さんの川(蓮沼川)は夏、ホタルが舞う

三島市の鳥「カワセミ」。青い宝石のような姿が水辺で見られる

東洋一の湧水といわれる柿田川湧水

春は桜色に染まる源兵衛川

楽寿園
JR三島駅のすぐ南に位置する、広さ約75,474平方メートルの自然豊かな公園。小松宮彰仁親王の別邸として造営され、1952年より市立公園。
所 三島市一番町19-3
☎ 055-975-2570
P あり(有料)

三嶋大社
源頼朝の源氏再興祈願で知られているが、平安時代以前にも古記録に登場する歴史ある神社。重要文化財の本殿ほか見どころも多い。
所 三島市大宮2-1-5
☎055-975-0172
P あり(有料)

ほっこりPOINT

甘味処伊豆河童 三島広小路店

三島広小路駅から徒歩1分の甘味処。伊豆産の天草と、清水町の柿田川湧水をふんだんに使用したてづくりのところてん。あんみつもおすすめだ。
所 三島市広小路町13-3 1F-A
☎055-928-9900
P なし

福太郎

三嶋大社のお土産の定番。お田打神事にちなんだ縁起の良いよもぎ餅である。境内の福太郎茶屋で緑茶と一緒にいただける。上品な甘さに疲れが癒される。お土産はJR三島駅でも入手可能。
所 三島市大宮町2-1-5三嶋大社境内
☎055-981-2900
P 三嶋大社駐車場(有料)

しく整備されたスカイデッキ

熱海

今も作家たちに愛されつづける "日本のサンレモ" 熱海

熱海駅に降り立ったら、まずは坂道を下ろう。できれば通行量の多い大通りを避け、建物の隙間を縫うようにつづく路地を探検するといい。昭和レトロな風景に出会えるはず。

坂を下れば必ず海に出る。サンビーチでは、南イタリアの海岸をほうふつとさせる明るい陽光、パームツリーの並木、静かに打ち寄せる波が待っている。潮風を胸いっぱい吸い込むだけで、こびりついていた疲労やストレスがたちまち浄化されるのを実感する。

東京から新幹線で一時間弱、源実朝が「都より巽にあたり出湯《いでゆ》あり 名はあづま路の熱海といふ」と詠み、昔から日本人を癒してきた熱海は、真冬でも比較的温暖。姉妹都市サンレモにも負けないスパ・リゾートだ。熱海が舞台となる尾崎紅葉の小説「金色夜叉」のお宮の松をチェックしたら、ムーンテラスへ移動。ヨットハーバーを眺めつつスカイデッキをゆっくり歩けば、リゾート気分を満喫できる。

スカイデッキのある親水公園から川が見えたところで通りを渡ると、「銀座」のバス停が目につく。バス停脇に植えられているのがあたみ桜の基準木だ。日本一早く開花する桜として知られ、糸川沿いに遊歩道も整備されている。

明治の文豪坪内逍遥が晩年を過ごし、谷崎潤一郎や三島由紀夫といった昭和の文人たちが熱海の夜を楽しんだ歓楽街もこのあたりだ。文人たちが立ち寄ったレトロな喫茶店田園が今でも営業中。作家だけでなく文化人に愛されたカフェボンネットも近い。夜ともなれば温かみのある昔風の看板が人を誘う。

温暖な気候、温泉と豊かな自然、そしてアクセスの良さ。活躍中の現役作家の中に熱海在住者がいるというのも納得なのである。ちなみに五十嵐均、夏樹静子、森村誠一の競作したご当地ミステリー「熱海連続殺人事件」がある。

ほっこりPOINT

ときわぎようかんてん
常盤木羊羹店総本店

熱海随一の繁華街、銀座町の一角に建つ老舗の羊羹店。伊豆山神社御用達の誉れも高い羊羹は数々の受賞に輝く逸品揃いで、単なる熱海土産の域を超えたクオリティの高さだ。併設の和カフェ「茶房・陣」では、和菓子とお茶でくつろぎタイムを楽しむことができる。

住 熱海市銀座町9-1　☎0557-81-4421
P なし

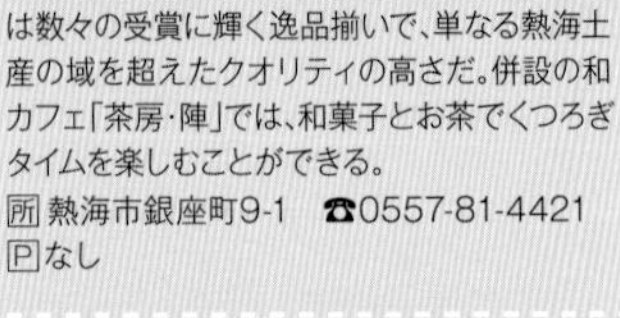

来宮神社

古くから来福・縁起の神様として信仰されている。ぜひ立ち寄りたいパワースポットがご神木大楠。樹齢2千年以上で、国の天然記念物である。幹を1周廻ると寿命が1年延命すると言われている。

住 熱海市西山町43-1　☎0557-82-2241
P 有（有料）

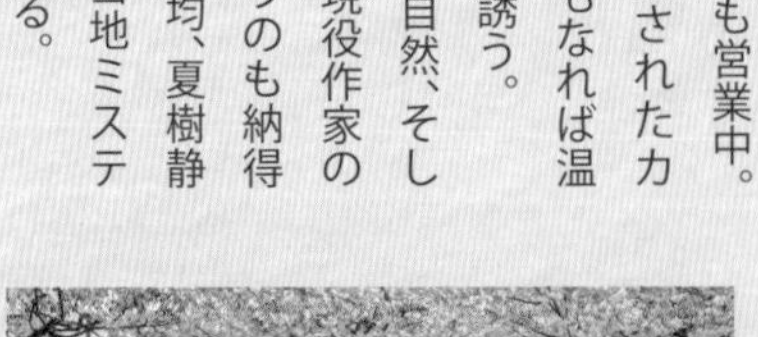

あたみ桜

「金色夜叉」を熱演する芸妓。芸妓見番（住 熱海市中央町17-13 ☎0557-81-3575）では毎週土・日「湯めまちをどり華の舞」が鑑賞できる。

夜桜のライトアップが美しい松川の桜並木

伊東

松川沿いの風情を楽しむ 落ち着いた大人の散歩道

伊東市街地のほぼ中央を流れる松川に沿って、柳と桜の並木に石畳の遊歩道が整備されている。温泉街にも近いので、伊東温泉を訪れるなら、ぜひのんびり歩いてみたい静かな小径だ。桜の季節は特に見事。

木造建築の粋を集めた歴史ある東海館の壮麗な眺めを楽しみながら進むと、いでゆ橋に。ここは絶好の撮影スポットだ。伊東が生んだ文学者木下杢太郎の詩歌・絵画の碑が並んでおり、のんびり歩きながら才人の足跡をたどることができる。

通学橋近くの音無神社は源頼朝と八重姫が逢瀬を重ねたところとして伝えられ、いにしえの悲恋物語に想いを馳せれば旅情がいっそう深まるだろう。近くには室生犀星の詩の碑もある。

東海館
昭和初期の温泉情緒を今に伝える木造建築。現在は伊東市の観光・文化施設。
㊟伊東市松原町12-10
☎0557-36-2004

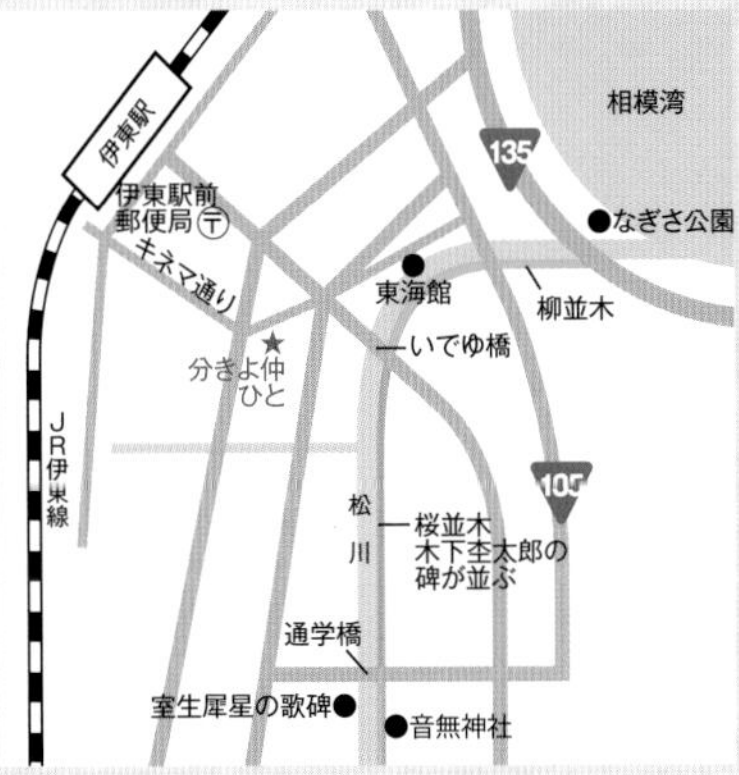

ほっこりPOINT

分《わけ》きよ仲《なか》 ひと

キネマ通りから左に曲がった路地に、小さな割烹「ひと」がある。ひっそりとした目立たない構えだが、実は伝統ある料亭「きよ仲」から暖簾分けされた和食の名店。自家製醤油でいただく新鮮な刺身から、せいろ蒸し仕立ての会席まで絶品揃い。
㊟伊東市中央町9-3
☎0557-36-4755
Ⓟなし

伊豆高原

与謝野晶子が詠んだ「伊豆の瞳」から芸術の森へ

一碧湖から伊豆高原にかけての一帯は、昔から文化人に愛されてきた保養地だ。約一時間で一周できる一碧湖はかつて「吉田の大池」と呼ばれていた。与謝野鉄幹・晶子も訪れ多くの詩歌を残している。

さらに足を伸ばして、個性的な美術館やショップが点在する芸術の森、伊豆高原へ。桜の名所も多いが、伊豆ガーデニングクラブ（一九九八年設立）が主催する伊豆オープンガーデンは、住民が丹精した自慢の庭を通年で公開、四季の花々やハーブが茂る庭めぐりを楽しめる。花が咲き誇る春から初夏にかけての季節がお勧めだ。

うぐひすが
よきしののめの空に啼き
吉田の池の碧水まさる
与謝野晶子

一碧湖

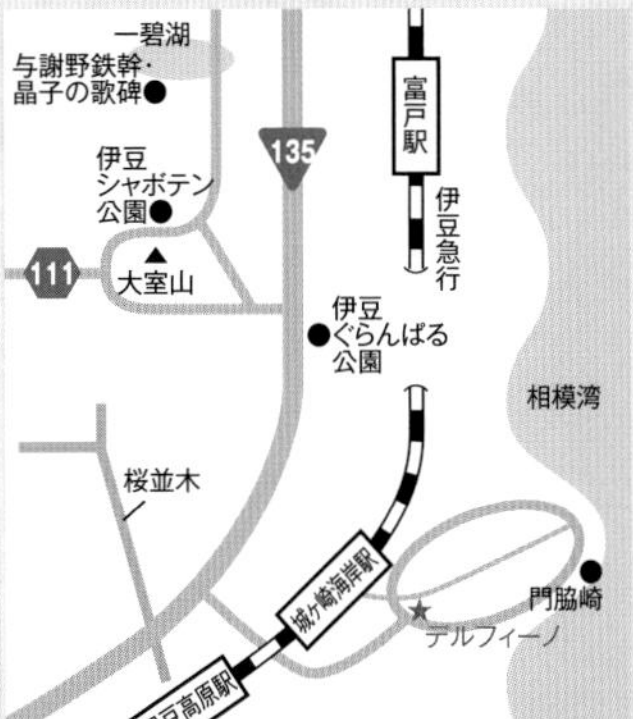

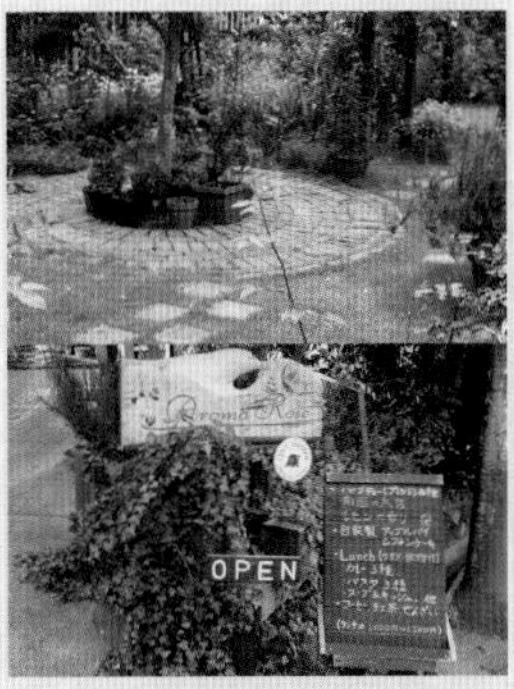

伊豆オープンガーデンの一例
カフェ併設の庭もある

ほっこりPOINT

デルフィーノ

城ケ崎海岸駅近くのイタリアン・レストラン。地元の文化人のたまり場としても知られている。運が良ければ在住の画家や作家に遭遇できるかも。本格的パスタやピッツァを楽しんだあとは、すぐ脇の桜並木散策を楽しみたい。観光名所の門脇崎も近い。
㊟伊東市富戸911-4 ☎0557-51-2244
Ⓟ5台

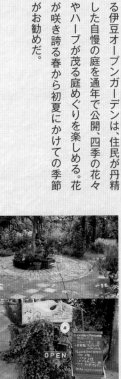

乗運寺

妙覚寺の井上靖歌碑

千本浜

打ち寄せる波の音と雄大な富士を楽しむ

駿河なる沼津より見ればふじがねの
まへに垣なせるあしたかの山　若山牧水

打ち寄せる波の音に耳を澄ませ、潮の香りを感じながら松林の方へと進む。

沼津を愛した若山牧水が眠る乗運寺、牧水の旧居跡を過ぎて、千本浜公園にたどり着けば最高のロケーションに息を呑む。海岸に沿って広がる松原から富士山が一望できる。

「千個の海のかけらが千本の松の間に挟まっていた少年の日　わたしは毎日それを一つずつ食べて育った」と刻まれた井上靖の文学碑からは、中学時代をここで過ごした多感な少年の姿が浮かぶ。下宿先の妙覚寺も近く、文学好きにとっては見逃せないスポットだ。潮の香りを感じながら、ゆっくりと文学の世界へ足を運ぼう。

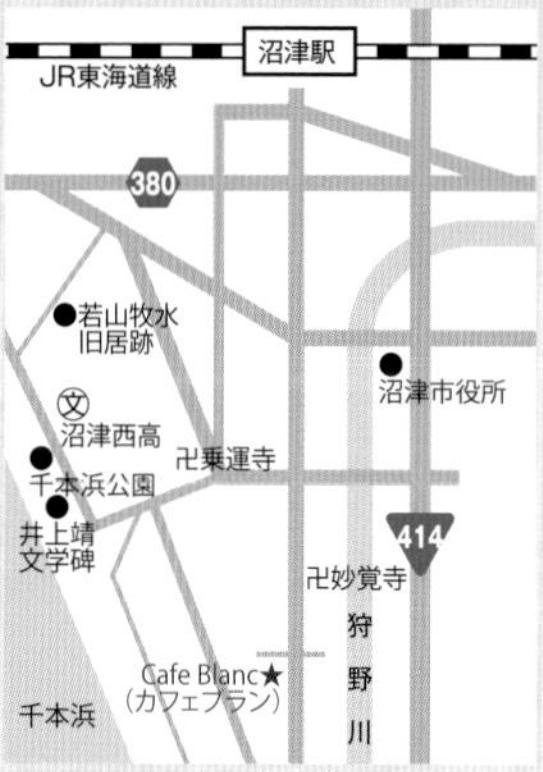

ほっこりPOINT

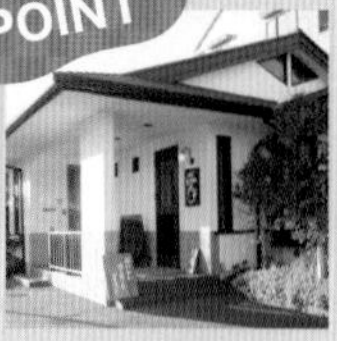

Café Blanc

ハンドドリップによる美味しい珈琲を味わうことができる隠れた名店。
㊟沼津市下河原町54-1
☎055-952-5781
Ⓟ8台

松崎

作家の創作意欲をかき立てるなまこ壁の散歩道

那賀《なか》川沿いに広がる、明治のなまこ壁の建物が残る景色はまさに異空間。呉服屋だった中瀬邸は店からそのまま蔵に入れる造りで、建物の中が見学できる。珍しい船底天上や、映画などの撮影に使われた品物の展示室もある。その他、なまこ壁の伊豆文邸、近藤邸などゆっくりと散策したい。中瀬邸と伊豆文邸には足湯もある。

「伊豆松崎」を書いた井伏鱒二は、この奥伊豆を訪れ、川や海の釣りと温泉を楽しみ、美しい風景を愛した。

周辺には漆喰で有名な長八美術館、岩科《いわしな》学校（国指定重要文化財）、八方睨みの龍のある長八記念館など、数少ない長八作品が残されている。

春の桜並木、田んぼの花畑、夕陽の美しさ、石部《いしぶ》の棚田等、自然と人情の温かさにつつまれる場所、松崎。まさに伊豆の文学の源が残る町である。

ほっこりPOINT

食彩 久遠《くおん》

松崎のシンボル時計塔と中瀬邸のすぐ隣。地魚を中心に工夫を凝らした新和食や鮨がおすすめ。東京の江戸前鮨店で修業の後、地元に戻り店をオープン。松崎の地でずっと続く銘店を目指すとゆう郷土愛にあふれた店だ。
㊟賀茂郡松崎町松崎316-8
☎0558-42-1597　Ⓟあり

下田

川端が描き、三島が七度の夏をすごした下田のまち歩き

ペリーロード

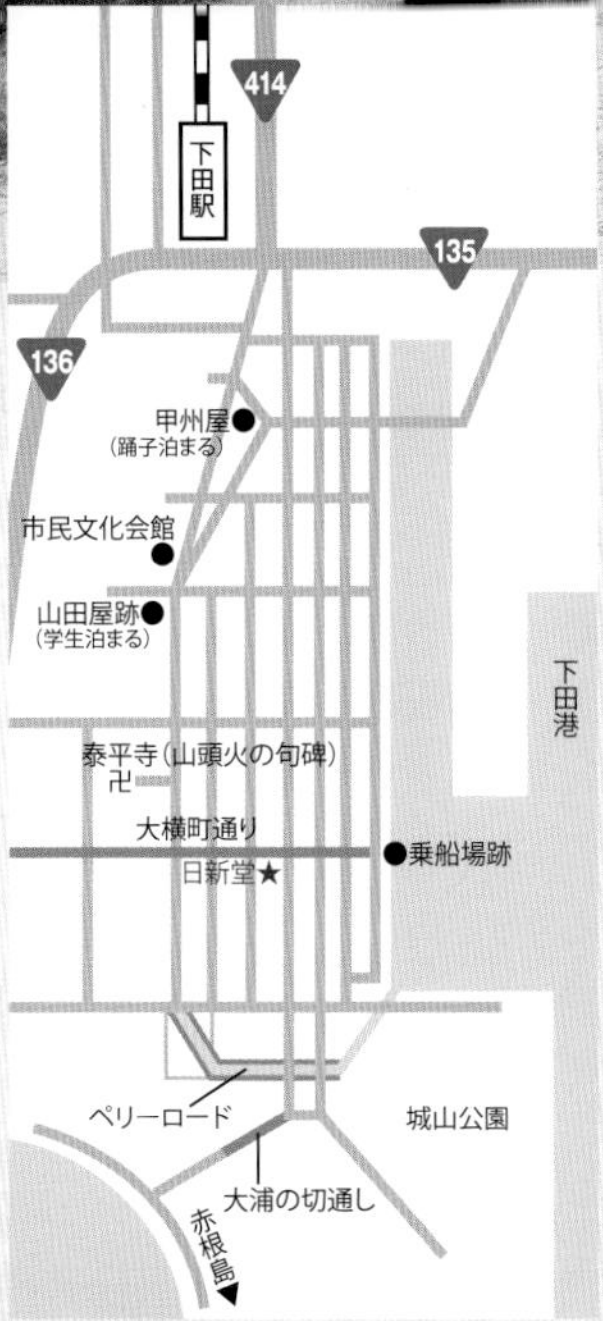

山頭火の句碑「伊豆はあたたかく…」

伊豆の踊子「別れの汽船のりば跡」

三島由紀夫も歩いた大浦の切通し

はしけはひどく揺れた。踊子はやはり唇をきっと閉じたまま一方を見つめていた。… ずっと遠ざかってから踊子が白いものを振り始めた。

映像が浮かぶほど印象的な、「伊豆の踊子」下田港での別れの場面。「前町長が主人だという宿屋」に泊った「私」は、港町下田のかつての中心街である大横町通りを通って、乗船場にやってくる。そこにうずくまるようにして待っている、昨夜のままの化粧の踊子。言葉にならないさよならは、甘く切ない。下田のまちに彩りを添えるひとコマである。

踊子一行の泊った甲州屋からスタートして踊子の世界に遊ぶのもおもしろい。

また、市民文化会館の近くの泰平寺門前には、種田山頭火の「伊豆はあたたかく野宿によろし波音も」の句碑が建っている。

晩年の三島由紀夫が下田で七回の夏を過ごしたことを知る人はそう多くはないだろう。当時交流のあった横山郁代の「三島由紀夫の来た夏」（扶桑社）は、知られざる三島の人間的な側面を描き出した好著である。特に「三島さんのアッカンベー」のくだりは、三島の人柄がよく表れていて微笑ましい。

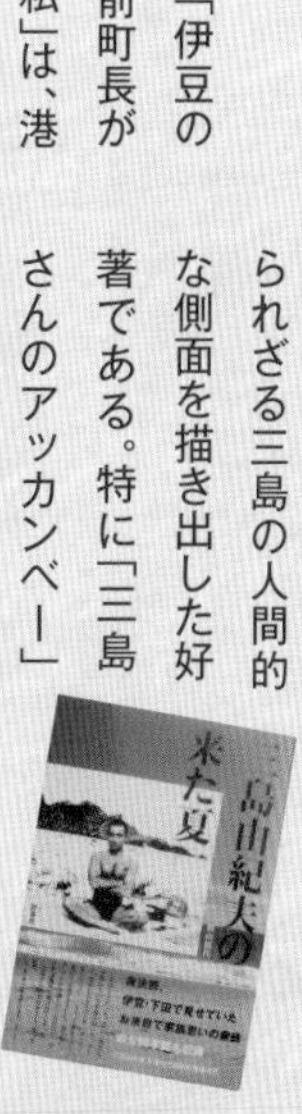

同じく短編「月澹荘綺譚《げったんそうきたん》」は、城山公園と赤根島を舞台にしている。三島が目にして描写した海や波の美しさと、その向こう側に思い描く幻想の世界のギャップをぜひ感じてほしい。三島が滞在した下田東急ホテルの方向に通じる大浦の切通しやペリーロード周辺で三島の面影をしのんだり、唐人お吉の悲劇に思いをはせてみたりするのも、下田まち歩きの楽しみのひとつかもしれない。

ほっこりPOINT

日新堂 菓子店

1922年創業の老舗。「三島由紀夫が愛したなつかしの味…マドレーヌ」のほか、レモンケーキや磯もなかなど。店主横山郁代はジャズヴォーカリスト、エッセイストとしても活動中。

住 下田市3丁目3-7
☎0558-22-2263
P なし

修善寺

一二〇〇年の歴史が織り成す文学模様

竹林の小径

修善寺の桂川沿いにつづく竹林の小径周辺には、文学と歴史の見所がいっぱいだ。シンボル的存在のとっこの湯は、弘法大師が持っていた独鈷杵《とっこしょ》で岩を打ち砕いて温泉が湧き出たと伝えられる、いわば修善寺温泉のルーツ。

その近くに、同じく大師が八〇七年に開基したといわれる古刹修禅寺がある。宝物殿には、源氏滅亡の史実に基づいて書かれた岡本綺堂の「修禅寺物語」ゆかりの面がある。

悲劇の主人公源頼家の墓や範頼の墓、北条政子が息子頼家の冥福を祈り建立した伊豆最古の木造建築指月殿などにも、ぜひ足を運びたい。

指月殿よりさらに登ると、修善寺温泉をこよなく愛した作家吉田紘二郎夫妻の墓がある。紘二郎は菊屋旅館を常宿とし、一九一八（大正五）年から毎年この地を訪れた。修善寺小学校には、紘二郎より寄贈された「吉田文庫」があり、今も子供たちや地域の人々に愛されている。島木健作が小説「赤蛙」を書くきっかけを得た場所として知られる赤蛙公園もすぐ近くだ。

多くの文豪や文化人が滞在している新井旅館には、近年、若手女流書家の金澤翔子美術館が設けられ、かつて日本画家横山大観が居室兼アトリエとして使用していた由緒ある離れ山陽荘に常設されている。

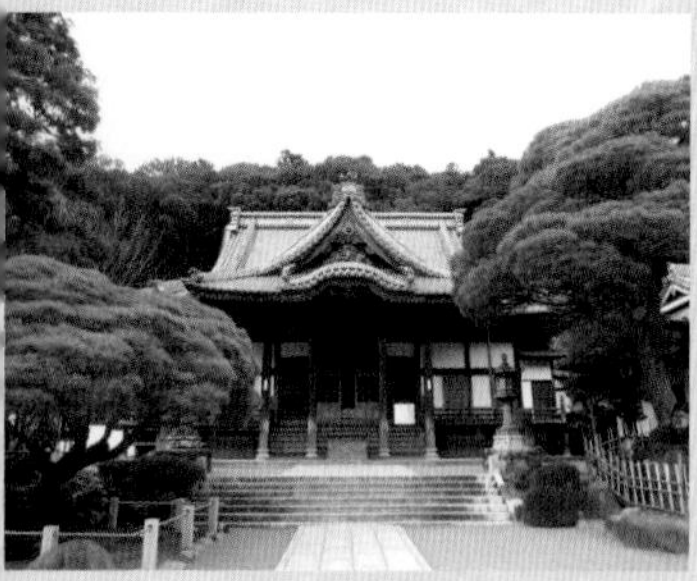
修禅寺
修禅寺宝物殿には、裏山から出土した独鈷杵（平安期のもの）や、寺に伝わる最古の絵地図など貴重なものが展示されている

とっこの湯

新井旅館離れ 山陽荘
NHK大河ドラマ「平清盛」の題字揮毫（きごう）で有名な金澤翔子の作品を、歴史ある旅館のすばらしい建築とともに堪能することができる

指月殿

ほっこりPOINT

honohono café

地元の食材を使った静かで小さなカフェ。おすすめは伊豆牛を使ったハヤシライス。デザートには、修善寺特産の黒米を使ったシフォンケーキを。オーナーの山田さんが竹林周辺のおすすめ情報を気さくに教えてくれる。

所 伊豆市修善寺882-9
☎0558-72-2500　P 4台
＊ペット可

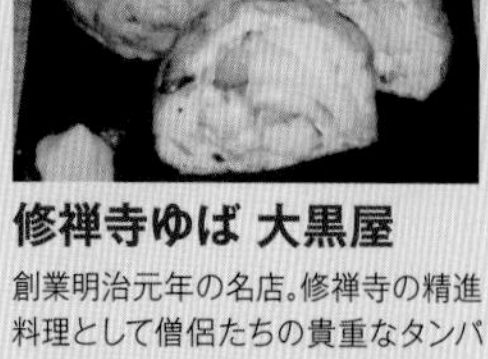

修禅寺ゆば 大黒屋

創業明治元年の名店。修禅寺の精進料理として僧侶たちの貴重なタンパク源だったが、現在では観光客のみならず、地元の人々にも人気。ゆばはもちろん、黒米豆腐も美味である。特製がんもどきは贅沢な一品。

所 伊豆市修善寺989
☎0558-72-0200　P あり

湯ヶ島にある散歩道

湯道

伊豆きっての文学の里 湯ヶ島の魅力をすべて味わう

山の便りをお知らせいたします
桜は八重がまだ咲き残っています
つつじが火がついたように咲いてきました
梶井基次郎

かつて村人が谷あいの温泉に通う道だったことから名付けられた「湯道」。「しろばんば」の洪作少年が友人や叔母のさき子らと歩いた、河鹿の湯（西平の湯）に通じる道だ。現在は周辺の小道と合わせて、川べりを周遊できる散策路として整備されている。

宇野千代が藤沢桓夫と一緒に足を浸して「水の中に浸った桓夫の白い、形のよい足が、とてもきれいであった」と書いた小さな流れも「湯道」に沿っている。牧水が山桜を愛でて、梶井基次郎が日課のように歩き作品に結実させたのもこの周辺。二人の文学碑を巡ることができる。

梶井は学生時代に結核を患い、湯ヶ島の湯川屋（現在は廃業）を療養所と定めて滞在した。そこから川端の逗留する湯本館に毎日のように通い、話し込んだり、「伊豆の踊子」の校正を手伝ったりした。一年四か月の滞在中に川端に宛てた書簡の一節を刻んだ碑が、湯川屋の向かいの高みに建てられている。碑の側には川端直筆の副碑が建ち、脇に小さな檸檬塚がある。

四季折々の湯ヶ島の自然の豊かさ。それこそが、ここに集った文士たちが愛したものだ。それを全身で味わうことが、すなわち「湯道」をたどる醍醐味だ。

＊湯道マップは、伊豆市観光協会・天城支部でもらうことができる。
☎0558-85-1056

川端に宛てた書簡の一節を刻んだ碑（右）と川端直筆の副碑

共同浴場「河鹿の湯」（西平の湯）

湯道

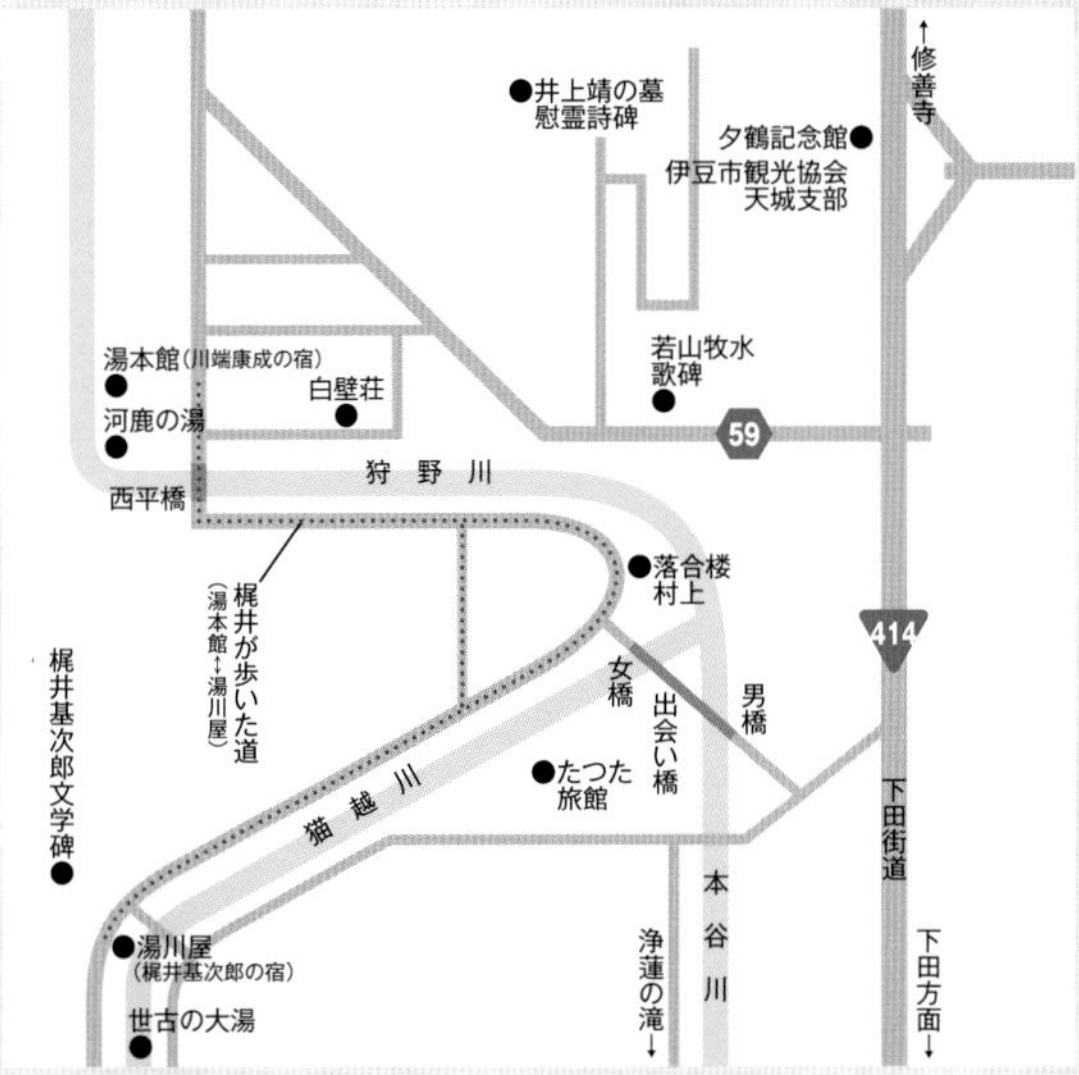

伊豆文学館めぐり

好きな作家を見つけたら、ぜひ文学館に足を運んでほしい。
そして、文学館のスタッフに気軽に声をかけてみよう。
パンフレットやホームページに載っていない、
とっておきの情報を教えてくれるはずだ。

伊豆の文学と情報の発信地

伊豆近代文学博物館

天城を南北につらぬく四一四号線沿いにある「道の駅天城越え」の敷地内に建つ。湯ヶ島で幼少期を過ごした井上靖、伊豆出身の木下杢太郎、穂積忠、高杉一郎、伊豆を訪れ、作品を書いた川端康成、梶井基次郎、岡本綺堂、若山牧水、北原白秋、田山花袋、島崎藤村など、伊豆にゆかりの作家一二〇人の直筆原稿や愛用品などが収蔵されている。

川端康成の「伊豆の踊子」コーナーは、六回の映画化で踊子を演じた歴代の女優の写真が並ぶ。どの踊子が自分の好みか、見比べてみるのも面白い。川端自身が撮影現場を訪れた時の写真など、当時の雰囲気が伝わる写真も陳列されている。吉永小百合を見つめる川端のまなざしは印象的だ。

井上靖に関係した資料も多い。「しろばんば」や「湯ヶ島」の直筆原稿のみならず、通信簿まで飾ってある。博物館の裏には、旧井上靖邸が移築されており、低い天井や縁側の造りなどから当時の雰囲気が感じとれる。

若山牧水が詠んだ歌が書かれた「天城屋」の徳利や、井上靖・川端康成・三島由紀夫が一緒に写った写真も印象的。伊豆文学を楽しむ旅の「出発点」にふさわしい文学館だ。

酒好きな牧水の一面を垣間みることができる

館内には数々の作家ゆかりの品が並ぶ

博物館の庭に移築された井上靖旧邸

所 伊豆市湯ヶ島892-6 道の駅「天城越え」昭和の森会館内
☎ 0558-85-1110(昭和の森会館)
P あり

牧水の心に触れる

若山《わかやま》牧水《ぼくすい》記念館

(1885~1928)

沼津の千本松原の一角に若山牧水記念館はある。全面ガラス張りのラウンジからは沼津垣越しに美しい富士山を見ることができる。

記念館には、牧水の生誕から永眠するまでの足跡が時代ごとに展示されている。特に、夫人喜志子との結婚前の直筆書簡はここにしかない貴重な資料だ。ストレートな愛情表現から青年・牧水が想像される。生涯で一五冊出版された歌集の初版本がすべて揃っているのも牧水記念館ならでは。

心から愛した千本松原の伐採反対運動や、旅や酒のエピソードなど、牧水の人となりを表す収蔵品の数々は見ているだけで楽しい。

おすすめの一冊

「牧水　富士山」(公益社団法人沼津牧水会刊)

牧水がこよなく愛した富士山を詠んだ短歌、富士山について書き記した随筆・紀行文などのすべてが収録された一冊。表紙の題字は、牧水直筆の半切から採っている。

書斎を再現したコーナー

千本松原にて次男の富士人と
(1928年6月)

幾山河こえさりゆかば
寂しさのはてなむ國ぞ
けふも旅ゆく

千本松原にある歌碑は、全国に300余りもある歌碑・詩碑の中の第一号だ

所 沼津市千本郷林1907-11
☎ 055-962-0424
P 10台

芹沢《せりざわ》光治良《こうじろう》記念館

沼津に生まれた孤高の作家光治良の生涯を知る

文学はもの言わぬ神の意思に言葉をあたえるものだ

九六歳で亡くなるその日まで執筆をしていたという作家芹沢光治良。沼津の漁村で生まれながら漁師の道を拒み、沼津中学から東大、農商務省へ入省。留学先のフランスで結核を患い、これを機に文学の道に進んだ。

記念館には、代表作「人間の運命」の制作過程が分かる貴重な資料が並ぶ。推敲が幾重にも書き込まれた原稿からは、光治良の真摯な思いが伝わってくる。激動の明治、大正、昭和を舞台にしたこの小説は、同時代に生き、自分を主人公になぞらえたファンが多く、今も全国から訪れる。

このほか、「神シリーズ」と呼ばれる作品群を中心に二千点以上が収蔵されている。

建物目当ての来館も多い。建築家菊竹清訓氏の設計で、一九七〇（昭和四五）年の竣工当時には斬新だったコンクリートの打ち抜き工法により、教会をモチーフにデザインされた。らせん状の階段は海底から海上を目指すイメージ、丸い照明は海に浮かぶ浮標を表現している。

執筆活動だけでなく、日本文学の地位向上のため国際交流にも尽力した。語学堪能な光治良が川端康成のノーベル文学賞受賞に大きく貢献したことは、文学者の間では有名な話である。

(1896～1993)

不思議な雰囲気が漂うらせん階段

打ちっぱなしのコンクリートが目をひく外観

おすすめの一冊

「人間の運命」芹沢光治良著（勉誠出版）

人生で出会う数々の問題に対する答えの道しるべを提示してくれる。長編だが読みたい巻から選ぶことのできる、入りやすい本。

所 沼津市我入道まんだが原517-1
☎ 055-932-0255
P あり

木下《きのした》杢太郎《もくたろう》記念館

伊東の自然がはぐくんだ多才な文学者

優れた戯曲や詩歌で知られた明治の文人・木下杢太郎は、江戸時代から呉服や雑貨を扱う伊東の商家「米惣」に生まれた。木下杢太郎記念館は、一九〇七（明治四〇）年建築の「米惣」をそのまま活かした建物だ。杢太郎は真菌の研究で世界的に知られた医学者でもあり、その業績を伝える品々も多く展示されている。

圧巻は、文豪たちとの交流を伝える書簡や原稿の数々だ。学生時代から森鴎外宅で開かれた観潮楼歌会に出席し、与謝野夫妻や北原白秋、石川啄木らと交わり、文壇で名を馳せるに至った。また画才にも恵まれ、「百花譜」と名付けた優れた草木画の画集もある。こうした文才、画才、医学研究の才のすべては伊東の自然によってはぐくまれた。

なまこ壁がバランスよく配された土蔵造りの外観、黒光りする梁や柱の内装など、明治の商家建築の粋を集めた記念館の建物だけでも一見の価値がある。裏手にある生家は一八三五（天保六）年に建てられ、民家としては伊東市最古のもの。

(1885～1945)

明治時代の建物がそのまま残る外観

さまざまなジャンルの資料が飾られた展示コーナー

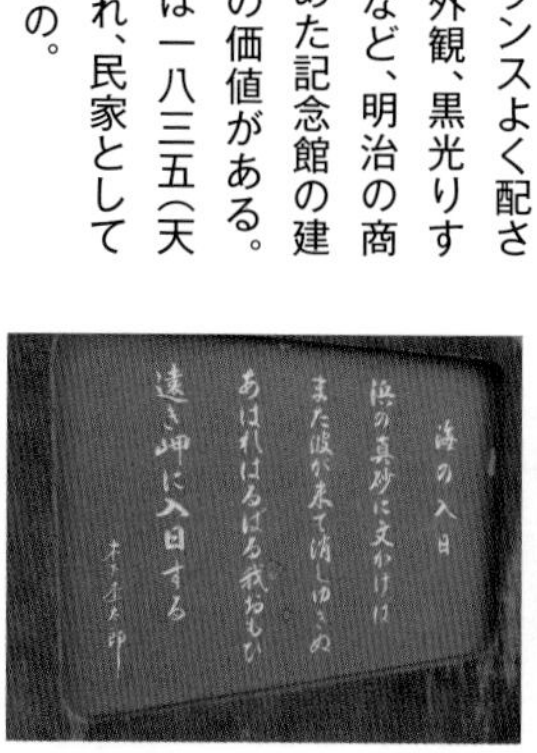

記念館に程近いオレンジビーチの中央には、杢太郎生誕百年を記念して建てられた「海の入日」詩碑がある。海岸の姿は当時とは変わったが、気象条件がよければ杢太郎の描いた情景を見ることができる

伊東駅裏の伊東公園には、多面的な活動をした杢太郎の全人生を象徴する記念碑が建っている。五双と三双の二つの屏風型をした風格のある石碑は、杢太郎と親交のあった谷口吉郎工学博士の設計によるもの。記念館とあわせて楽しみたい

所 伊東市湯川2-11-5
☎ 0557-36-7454
P 2台

日本人の心のふるさとを読み継ぐ

長泉町 井上《いのうえ》靖《やすし》文学館

北に富士山、南に駿河湾、遠くに伊豆の山並みを望む愛鷹山の麓に、「井上靖文学館」がある。竹林に囲まれた静謐な空間に立つと、人のこころや有り様を緻密な文章で描きつづけた井上靖作品に想いを馳せる場として、いかにもふさわしく思える。

開館は一九七三（昭和四八）年一一月二五日。作家存命中の設立は、当時は珍しかった。井上は幾度もこの文学館を訪れ、読者との交流を重ねた。

館内は、自伝的三部作「しろばんば」「夏草冬濤」「北の海」やシルクロード西域作品などを中心とした常設展・企画展のほか、本人が出演する映像や愛用の品など、数々の展示品が並ぶ。ここで井上靖文学の基本をおさえてから湯ヶ島へドライブ、というのが「通のルート」と文学館スタッフの徳山さん。

しろばんばに登場する土蔵をおもわせる文学館の設計士は菊竹清訓氏。近くにはベルナール・ビュフェ美術館（菊竹氏設計）や、カフェもある。あすなろ物語の作中で詠まれている愛鷹山の麓、一度訪れてほしい。

おすすめの一冊

「孔子」
井上靖著（新潮文庫）
松本元館長
「人間に一番大切な師弟関係が描かれています」

「シリア砂漠の少年」
井上靖著（銀の鈴社）
スタッフ徳山さん
「井上先生と一緒に詩の旅へでかけましょう」

思うどち
遊び惚けぬ
そのかみの
香貫 我入道
みなとまち
夏は 夏草
冬は 冬濤
井上靖

記念館 内部

所 長泉町東野515-149
☎ 055-986-1771
P あり

井上靖が幼少の頃住んでいた土蔵をモチーフにした外観

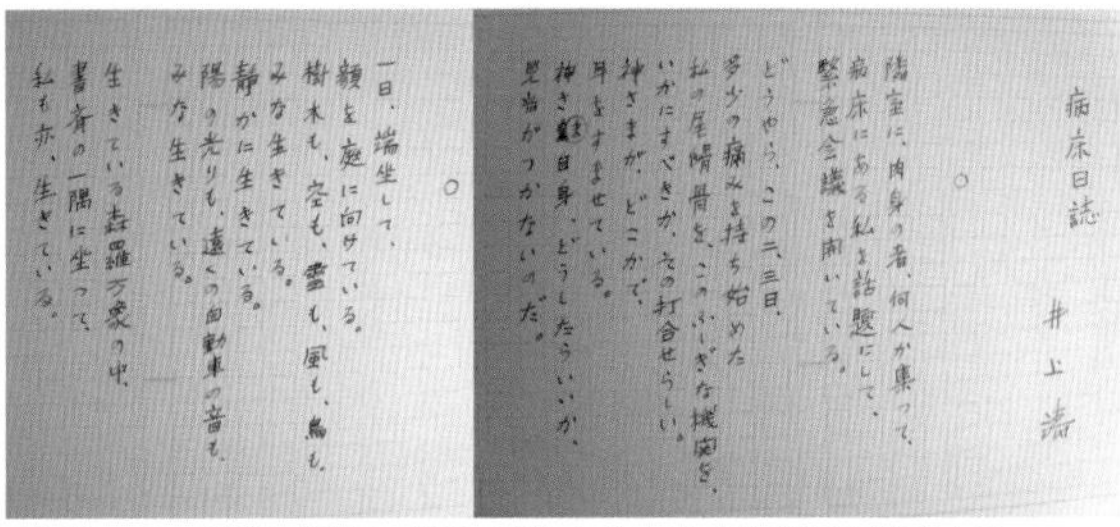

病床日誌
井上靖

隣室に、肉身の者、何人か集って、
病床にある私を話題にして、
緊急会議を開いている。
どうやら、この二、三日、
多少の痛みを持ち始めた
私の[illegible]を、このふしぎな機関を、
いかにすべきか、その打合せらしい。
神さまが、どこかで、
耳をすませている。
神さま自身、どうしたらいいか、
見当がつかないのだ。

一日、端坐して、
顔を庭に向けている。
樹木も、空も、雲も、風も、鳥も、
みな生きている。
静かに生きている。
陽の光りも、遠くの自動車の音も、
みな生きている。
生きている森羅万象の中、
書斎の一隅に坐って、
私も亦、生きている。

展示されている原稿。絶筆まで優しく厳しい井上靖の生き様が感じられる（1991年「すばる」3月号掲載）

（1907〜1991）

洪作少年が過ごしたしろばんばの里

井上靖資料室

井上靖の自伝的小説「しろばんば」の舞台湯ヶ島に位置する伊豆市市民活動センター（旧湯ヶ島小学校）内に資料室はある。井上靖の東京の自宅の書斎を再現しており、書斎に座り記念撮影も可能。実際に使用していたものを展示、「しろばんば」に関連する資料や説明も公開している。

井上靖が幼少期を過ごしたしろばんばの里、洪作少年の散歩道をぜひ散策してほしい。小説に登場する上の家（井上靖の母の実家）はほぼ当時のまま残っている。公開日もある。問合せ：伊豆市観光協会天城支部 0558-85-1056

資料室 再現された書斎

校庭の石碑

所 伊豆市湯ヶ島117-2
市民活動センター2階
天城図書館となり
☎ 0558-85-2611（天城図書館）
P あり

上の家

しろばんばの像

長倉書店がおすすめする

伊豆の旅で読みたい本

修善寺駅前で、
親子三代にわたって
書店を営んできました。
伊豆に関する本の品ぞろえは
日本一を誇ります。
一般の書店では購入できない
郷土の本も出版しています。
伊豆を知るなら、旅するなら、
まずは長倉書店へお立ち寄りください。
このコーナーでは、
伊豆の旅をより感動的にする
本をご紹介します。

修善寺駅西口すぐ
所 伊豆市柏久保552-4
☎ 0558-72-0713

井上靖の直筆サインが書かれた
「しろばんば」初版本（長倉書店蔵）

著者：岡本綺堂
発行：長倉書店

修禅寺物語

情緒あふれる美しい文章の物語

伊豆には八百万の神がいて、しばしば芸術家に降臨し、すばらしい作品を残します。この「修禅寺物語」もそのひとつ。岡本綺堂の出世作。芸術家魂と親子の愛情を書いた物語は、クライマックスで能面から伝わる悲壮感あふれる結末をむかえます。作品のきっかけとなった能面は現在も修禅寺の宝物館に所蔵され、いつでも見ることができます。

和菓子屋「和楽」の「修禅寺物語」

「修禅寺物語」で面作師夜叉王が源頼家の面としたものを模して創作した最中。小豆の風味にこだわった逸品。

所 伊豆市柏久保1355
☎ 0558-72-4717

創業者である祖父は、
郷土史を研究するにあたり
必要な文献を
復刻・出版してきました。

二代目の父は
伊豆が大好きな人たちの
思いを本にしました。

そして、三代目の私は
歴史・文学・自然にあふれる
伊豆の魅力を本を通して
伝える棚作りを
してお待ちして
います。

長倉書店 三代目 長倉一正

原作：長倉慶昌
再話：永岡治
絵：利根川初美

伊豆の七ふしぎ

七つの伝説が残る場所を巡って

伊豆には七つの伝説が残っています。修善寺の独鈷の湯、河津の酒精進・鳥精進、南伊豆の阿弥陀三尊、石廊崎権現、堂ヶ島のゆるぎ橋、大瀬神社の神池、平井のこだま石。その伝説が残っている場所はとても神秘的な場所です。伝説が残る場所で先人が感じた思いを体感してください。

著者：勝呂弘
発行：長倉書店

伊豆の文学

何百、何千もの「気づき」に出会える、伊豆の文学バイブル

あまたの文豪たちに愛された伊豆。主に小説を取り上げた伊豆文学史が多いなか、伊豆に残る詩歌とゆかりの歌人も網羅しているのが特徴です。ページをめくる度、この作家がこんなところを訪れていたのか、と目からウロコの発見が。伊豆の文学者、勝呂弘の執念さえ感じる一冊。

伊豆文学年表

年	西暦	
明治11	1878	成島柳北　熱海に遊ぶ
12	79	坪内逍遥　熱海に滞在
16	83	佐々木邦　清水町に生まれる
17	84	成島柳北「熱海文藪」
18	85	木下杢太郎　伊東に生まれる
22	89	尾崎紅葉　石橋思案　巌谷小波　熱海に遊ぶ
25	92	正岡子規「旅の旅の旅」
26	93	徳富蘇峰「熱海だより」　沼津御用邸落成 幸田露伴　中伊豆から奥伊豆に遊ぶ
27	94	萩原麦草　伊豆長岡に生まれる
28	95	高山樗牛　熱海へ転地療養
30	97	小出正吾　三島に生まれる 尾崎紅葉「金色夜叉」
32	99	芹沢光治良　沼津に生まれる 伊豆箱根鉄道駿豆線　大仁まで開通
34	1901	穂積忠　大仁に生まれる 尾崎紅葉　修善寺に病気療養
35	02	明石海人　沼津に生まれる 鈴木白羊子　下田に生まれる 泉鏡花「熱海の春」
37	04	旧天城トンネルが開通
38	05	伊東左千夫　沼津短歌会の招きで沼津に遊ぶ
39	06	車谷弘　下田に生まれる
40	07	大岡博　三島に生まれる 井上靖　北海道に生まれる
41	08	若山牧水　歌集「海の声」 高杉一郎　中伊豆に生まれる 岡本綺堂　修善寺新井旅館に滞在 木下杢太郎「海の入日」 井上靖　旭川から天城湯ヶ島に移住
42	09	蒲原有明　島崎藤村　田山花袋　武林夢想庵 伊豆縦断旅行
43	10	夏目漱石　転地療養に修善寺菊屋旅館滞在　吐血

年	西暦	
15	1926	梶井基次郎　湯ヶ島に転地療養
昭和2	27	三好達治　湯ヶ島に滞在 萩原朔太郎「黒船を讃す」 中島敦「下田の女」 梶井基次郎　川端康成と対面その紹介で湯川屋へ 淀野隆三　尾崎士郎　宇野千代　広津和郎 萩原朔太郎らが湯ヶ島を訪れる 尾崎士郎　湯ヶ島に滞在
3	28	梶井基次郎　湯ヶ島を離れる 泉鏡花　修善寺に遊ぶ 若山牧水　没
4	29	十一谷義三郎「唐人お吉」 徳田秋声　近松秋江ほか下田周遊
5	30	与謝野晶子「伊豆の旅」 木下杢太郎「伊豆伊東」　北伊豆大地震 芹沢光治良「我入道」 与謝野晶子　伊東の抛書山荘に遊ぶ 北原白秋「伊東音頭」
6	31	梶井基次郎「檸檬」 大岡信　三島に生まれる 川端康成「伊豆序説」
7	32	太宰治　沼津に滞在
8	33	幸田露伴　下賀茂に遊ぶ　丹那トンネル開通 福原麟太郎「伊豆」 与謝野晶子　短歌「抛書山荘の歌」
9	34	中島敦　伊豆に遊ぶ 穂積忠　短歌「猪狩の歌」 太宰治　三島に滞在
10	35	穂積忠　北原白秋を天城　下田に案内 与謝野晶子　土肥に遊ぶ 北原白秋「湯ヶ島音頭」作詞 萩原井泉水　南伊豆周遊　伊東線網代まで開通 北原白秋　落合楼に滞在「渓流唱」三七首を詠む

年	西暦	
27	52	窪田空穂　沼津千本浜に避暑 三島由紀夫「真夏の死」
28	1953	井上靖「あすなろ物語」 志賀直哉　吉奈温泉で東府会を始める
29	54	川崎長太郎「伊豆の街道」 谷崎潤一郎　熱海に移住
30	55	穂積忠　歌集「叢」 田宮虎彦「千本松原」
31	56	釈迢空「倭をぐな」 大岡昇平「沼津」 野田宇太郎「湘南伊豆文学散歩」 志賀直哉「熱海と東京」 石田波郷　萩原麦草に招かれて伊豆長岡に遊ぶ
32	57	池波正太郎「天城峠」 井伏鱒二「南豆荘の将棋盤」 尾崎士郎「人間随筆」
34	59	志賀直哉「伊豆を語る」 松本清張「天城越え」
35	60	井上靖「しろばんば」
36	61	三島由紀夫「獣の戯れ」　伊豆急行線全線開通
37	62	三好達治「湯ヶ島」 芹沢光治良「人間の運命」 新丹那トンネル開通
38	63	谷崎潤一郎　熱海の故吉川英治別荘に移る 大岡博　歌集「南麓」
39	64	三島由紀夫　下田東急ホテルに滞在 井上靖「夏草冬濤」
40	65	芹沢光治良　日本ペンクラブ会長就任
42	67	立原正秋「花のいのち」
43	68	福永武彦「海市」 井上靖「北の海」
44	69	川端康成　ノーベル文学賞受賞 木下杢太郎記念館　開館

44	11	岡本綺堂「修禅寺物語」
		木下杢太郎 落合楼に滞在「浴泉歌」
		町田志津子 沼津に生まれる
		小杉天外「伊豆の頼朝」
大正2	13	若山牧水 初めて伊豆訪問
3	14	若山牧水 歌集「秋風の歌」
4	15	石原吉郎 土肥に生まれる
5	16	吉田絃二郎 修善寺の菊屋に滞在 以後毎年のように宿泊
7	18	若山牧水 初めて土肥に遊び 以後しばしば訪れる
		川端康成 最初の伊豆旅行 丹那トンネル着工
		田山花袋「温泉めぐり」
9	20	北原白秋 伊豆の旅
		坪内逍遥 熱海に双柿舎建設
		若山牧水 沼津に移住
		室生犀星 伊豆吉奈温泉に滞在
10	21	坪内逍遥「熱海町の為のページェント劇」
		若山牧水 歌集「くろ土」
		与謝野晶子「人間礼拝」(「伊豆山より」)所収
		北原白秋 吉奈温泉に滞在
12	23	室生犀星 伊東に滞在
		与謝野晶子「愛の創作」(「西伊豆の旅」)所収
		若山牧水 歌集「山桜の歌」
13	24	室生犀星「高嶺の花」(「浴泉」「じんなら魚」他所収)
		伊豆箱根鉄道駿豆線 修善寺まで開通
14	25	島木赤彦 土肥に遊ぶ
		島崎藤村「熱海土産」
		井上靖 沼津の妙覚寺に下宿
		芥川龍之介「温泉だより」
		川端康成 一年のほとんどを湯ヶ島に滞在
		若山牧水 湯ヶ島に滞在
15	26	川端康成「伊豆の踊子」
		萩原朔太郎 室生犀星ほか伊豆旅行
		若山牧水 歌誌「詩歌時代」創刊
		近松秋江「伊豆の頼朝」

		与謝野鉄幹・晶子夫妻が船原峠を越えて土肥へ
11	36	種田山頭火 伊豆に遊ぶ
12	37	小林秀雄「湯ヶ島」
13	38	若山牧水 歌集「黒松」 伊東線全線開通
		武者小路実篤 伊豆長岡に滞在「愛と死」
		穂積忠 歌集「雪祭」
		石坂洋次郎「美しい暦」
		与謝野晶子「天城の道」二二首を詠む
15	40	太宰治「老ハイデルベルヒ」 湯ケ野の福田家旅館に滞在
		井伏鱒二 太宰治 亀井勝一郎 河津の南豆荘に宿泊し洪水に遭う
		森瑤子 伊東に生まれる
		林芙美子「魚介」
16	41	横光利一「天城」
		車谷弘「算盤の歌」
18	43	北原白秋「渓流唱」
		石寒太 伊豆市に生まれる
19	44	谷崎潤一郎 熱海の別荘に疎開
		尾崎士郎 伊東に疎開
20	45	窪田空穂 歌集「明闇」
		永井荷風 熱海に寄寓
		田中英光 家族の疎開先沼津 三津浜に移る
21	46	島木健作「赤蛙」
22	47	太宰治「斜陽」 三津浜の安田屋旅館に滞在
23	48	志賀直哉 熱海に居住
		太宰治 熱海の起雲閣別館に滞在
		太宰治 没「人間失格」
		大下一真 西伊豆に生まれる
24	49	尾崎士郎「ホーデン侍従」
		坂口安吾 伊東に滞在
25	50	井上靖「闘牛」で芥川賞受賞
		坂口安吾「肝臓先生」
		広津和郎「志賀氏と熱海」
		大岡昇平「来宮心中」
26	51	藤原審爾「伊豆物語」

		花登筐「銭の花」 新天城トンネル開通
45	70	井伏鱒二「釣宿」
		芹沢光治良記念館 開館
46	71	三島由紀夫 没
47	72	川端康成 没
		井伏鱒二 熱海に避寒
48	73	井上靖文学館 開館
49	74	大岡信「今日も旅行く―若山牧水」
50	75	小出正吾「ジンタの音」で野間児童文芸賞受賞
		井上靖「わが母の記」
53	78	安藤公夫「梶井基次郎と湯ヶ島」
		森瑤子「情事」ですばる文学賞受賞
55	80	伊豆近代文学博物館 開館
		志茂田景樹「黄色い牙」で直木賞受賞
56	81	井上靖 日本ペンクラブ会長就任
60	85	内田康夫「天城峠殺人事件」
61	86	吉村昭「闇を裂く道」
62	87	若山牧水記念館 開館
63	88	勝呂弘「伊豆の文学」
		渡辺紘「峠―伊豆の文学」
平成元	89	吉本ばなな「TUGUMI」
		大岡信 日本ペンクラブ会長就任
		大岡信「故郷の水へのメッセージ」
3	91	中尾勇「三島文学散歩」
		井上靖 没
		内田康夫「喪われた道」
5	93	芹沢光治良 没
11	99	五十嵐均 夏樹静子 森村誠一「熱海連続殺人事件」
16	2004	中尾勇「三島文学散歩」
		よしもとばなな「海のふた」
20	08	石垣りん「レモンとねずみ」
21	09	石垣りん文学記念室 開館
27	15	桜井祥行「歌人 穂積忠」
28	16	今村翔吾「蹴れ、彦五郎」
令和2	20	宇佐美りん「推し、燃ゆ」
4	22	文学の聖地「伊豆」と温泉 しずおか遺産認定

花登筐
「銭の花」

三島由紀夫
「獣の戯れ」

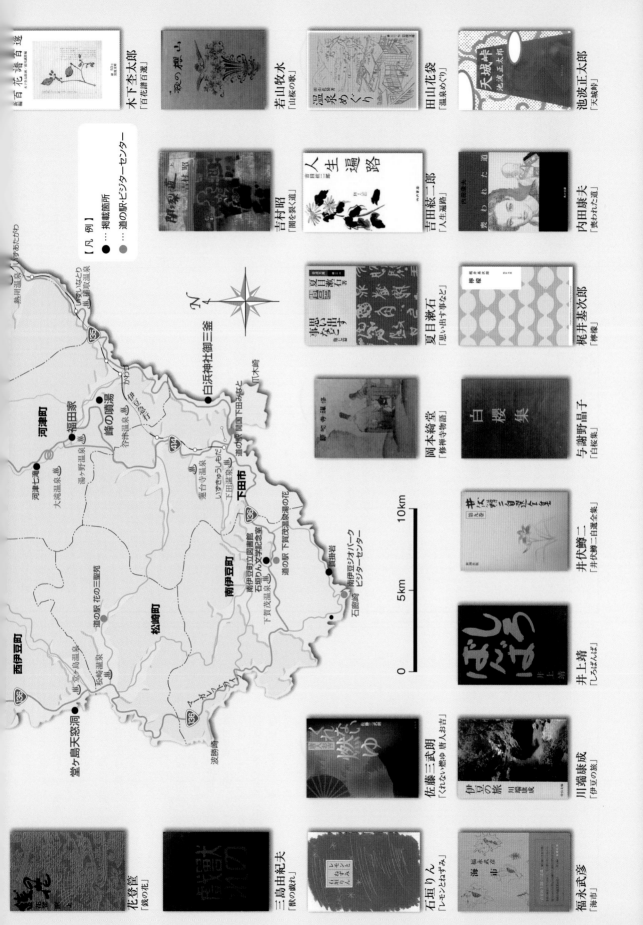

石垣りん
「レモンとねずみ」

佐藤三武朗
「くれない燃ゆ 唐人お吉」

【凡 例】
● … 掲載箇所
● … 道の駅・ビジターセンター

岡本綺堂
「修禅寺物語」

夏目漱石
「思い出す事など」

吉田絃二郎
「人生遍路」

田山花袋
「温泉めぐり」

木下杢太郎
「百花譜百選」

吉村昭
「闇を裂く道」

若山牧水
「山桜の歌」

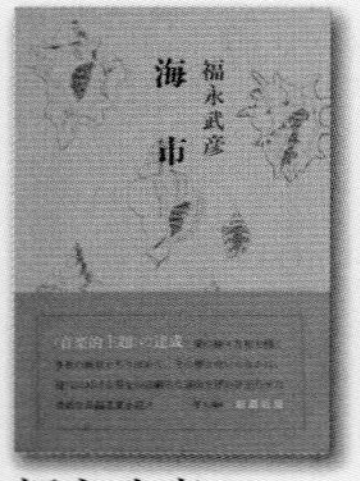

福永武彦
「海市」

川端康成
「伊豆の旅」

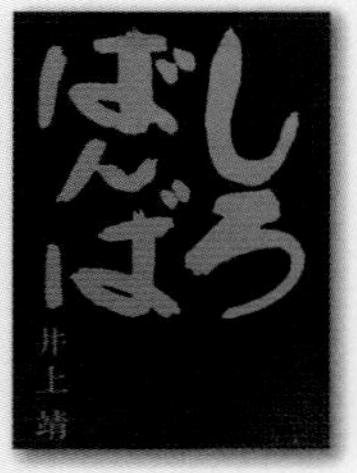

井上靖
「しろばんば」

井伏鱒二
「井伏鱒二自選全集」

与謝野晶子
「白桜集」

梶井基次郎
「檸檬」

内田康夫
「喪われた道」

池波正太郎
「天城峠」

太宰治
「ロマネスク」

芹沢光治良
「神の微笑」

大岡信
「きみはにんげんだから
－大岡信詩集－」

吉本ばなな
「TUGUMI」

つかこうへい
「熱海殺人事件」

谷崎潤一郎
「台所太平記」

坂口安吾
「安吾巷談」

尾崎紅葉
「金色夜叉」

伊豆は詩の国であると、世の人はいう。
伊豆は日本歴史の縮図であると、或る歴史
家はいう。
伊豆は南国の模型であると、そこで私はつ
け加えていう。
伊豆は海山のあらゆる風景の画廊であると
またいうことも出来る。
伊豆半島全体が一つの大きい公園である。
一つの大きい遊歩場である。つまり、伊豆は
半島のいたるところに自然の恵みがあり、美
しさの変化がある。
川端康成「伊豆序説」より

本を片手に伊豆めぐり **伊豆文学散歩**

2014年4月 初版発行（伊豆文学フェスティバル実行委員会）
2023年12月 改訂版発行
発行者：長倉一正
監　修：勝呂 奏
発行所：有限会社 長倉書店 Tel.0558-72-0713
制　作：株式会社シード

※本冊子は静岡県の使用許諾を得て長倉書店が発行する。

ISBN978-4-88850-030-2
C0091 ¥900E
定価：本体900 +税

9784888500302

1920091009005